1

강호야화

강호야화

강호야화 1

초판 인쇄 2025년 12월 12일
초판 발행 2025년 12월 15일

지은이　　내가위
펴낸이　　김태헌
펴낸곳　　스타파이브

주소　　　경기도 고양시 일산서구 덕이로 186 2층
출판등록　2021년 3월 11일 제2021-000062호
전화　　　031-911-3416
팩스　　　031-911-3417

江湖夜花
1

서문

삼천 년 무림혈사(三千年武林血史).

그 장구한 세월을 이어온 피와 죽음과 멸망의 세월은 마침내 그 저주의 혈사(血史)의 종지부를 찍었다.

백 년 전(百年前) 한 명의 신비노인(神秘老人)이 출현(出現)했다.

"노부는 백야성(白夜城)의 성주(城主) 신도장홍(神刀長紅)이라 한다."

신비노인 그는 자신의 신분을 그렇게 밝혔다. 그러나 백야성의 장주 신도장홍을 기억하는 강호인(江湖人)은 단 한 명도 없었다.

신도장홍이라는 이름이나 백야성이라는 문파는 단 한 번도 강호에 알려진 바가 없었기 때문이었다.

그러는 가운데 신도장홍의 두 번째 외침이 터졌다.

"노부는 천수가 다했다. 이제 나는 죽기 전에 중원무림(中原武林)에 한 가지 선물을 주고 가려 한다!"

신도장홍의 두 번째 말을 듣고 강호인들은 그만 실소했다.

아무런 명성도, 아니 단 한 번도 알려진 적이 없는 무명노인(無名老人)이 중원무림에 선물을 주고 가겠다니 급기야 몇몇 사람들은 신도장홍을 실성한 노인으로 치부해 버렸다.

그러나 바로 그 때, 신도장홍의 세 번째 외침이 터졌다.

"크하하하……! 노부의 선물은 다름 아닌 중원의 평화다. 중원에 영원한 평화를 줄 것이다!"

미친놈!

누군가 그렇게 말했다.

당연하다. 중원무림이 어떤 곳인가? 도검이 난무하고 하루라도 피가 마를 날이 없는 곳이다. 그런 중원에 영원한 평화를 주겠다니, 과연 그것이 실현 가능한 외침인가?

절대 불가능하다.

그것은 결단코 불가능한 광언(狂言)일 뿐이다.

삼천 년 무림역사(三千年 武林歷史)를 통틀어 가장 완벽한 절대패황(絕代覇皇)으로 불리웠던 불세고금제일(不世古今第一)의 영웅(英雄)인 무림천존(武林天尊) 사군휘(史軍輝)조차도 겨우 구십 년(九十年)간의 평화를 유지시켰을 뿐이다.

더구나 당시의 중원무림은 유사 이래 최악의 혼란 상태에 빠져 있어 신도장홍의 외침은 한낱 잠꼬대로밖에 여겨지지 않았다.

가공할 피의 폭풍이 전 중원을 휘덮어 끝없는 혈천암흑시대

(血天暗黑時代)를 잇고 있었던 것이다.

중원에 인접해 있던 세외 사 개 세력(世外四個勢力)과 정도 무림(正道武林)을 짓밟고 올라선 공포의 마방(魔幇) 일교·이방·삼곡(一敎二幇三谷) 그들이 한데 어울려 벌이는 살육(殺肉)의 제전(祭典)은 실로 상상조차 불허하는 피와 죽음의 세월로 전 중원을 몰아넣고 있었다.

누구도 신도장홍의 말에 신경을 쓰지 않았다.

그런데 얼마 후 스스로를 백야성의 성주라 자처하며 중원에 영원한 평화를 주겠다고 호언장담하던 신비노인 신도장홍의 말이 현실이 되어 나타나기 시작했다.

그토록 피에 묻혀 광분하던 개천혈마(蓋天血魔)들, 그 공포의 마두들이 언제부터인가 하나 둘 신비스럽게 어디론가 실종되고 만 것이다.

우연한 일치라고 하기엔 너무도 공교로운 일이었다. 그리고 강산도 변한다는 십 년이라는 세월이 흘렀다.

신도장홍이 강호에 영원한 평화를 주겠다고 약속한지 정확히 십 년이 지난 후 거짓말처럼 강호에 평화가 찾아왔다.

기적!

이것이야말로 단연코 기적이었다.

끝없이 이어질 줄로만 알았던 피의 혈로(血路)가 마침내 그 종지부를 찍은 것이다. 한껏 피를 머금었던 혈토(血土)는 기름진 황토로 바뀌고, 언제고 개일지 몰랐던 혈천(血天)은 말끔히 걷혔다.

눈부신 하늘에서 쏟아지는 찬란한 햇살만이 온 누리를 평화롭게 감쌌다. 바로 이때, 하늘 까마득한 곳에서 뇌성(雷聲)처럼 앙천광소(仰天狂笑)가 울려 퍼졌다.

"크하하하……! 노부는 중원무림에 영원한 평화를 주겠노라고 약속했었다. 그리고 십 년 만에 약속을 지켰다. 이제 중원무림은 영원히 평화로울 것이다."

천하인(天下人)은 마침내 위대한 구성(救星)인 신도장홍을 진심으로 경배하며 그의 발치에 스스로 무릎을 꿇었다.

"그대들은 한 가지를 명심해야 한다! 마두들은 이 세상에서 영원히 사라진 것이 아니라 그들을 한 곳에 가두어 놓은 것뿐이니……, 그곳은 천외마부(天外魔府)이다!"

천외마부!

중인들은 끝없는 의문을 참지 못했다.

그곳은 어디에 있는가?

신도장홍은 과연 어떻게 그 많은 개천혈마들을 한 곳에 가두어 놓을 수 있었을까? 끝없는 의문이 꼬리를 물고 이어졌다.

신도장홍의 음성이 다시 이어졌다.

"노부는 천외마부에 한 가지 규정을 정해 두었으니, 중원에

서 죄를 지은 자 누구든 천외마부에 들어올 수 있다. 그러나 일단 천외마부에 들어온 자는 영원히 강호에 나갈 수 없음을 기억하라! 어떠한 죄를 지은 자라도 천외마부에 들어오면 모든 은원은 그날로써 사면될 것이다. 중원에 발붙일 곳이 없는 자들이여! 서천(西天)을 향해 세 번 외쳐라! 천외마부의 주인이시여! 천외마부에서 영원히 쉬고 싶으니 허락하소서! 그러면 천외마부의 사자(使者)가 그대들을 맞이할 것이다."

　무림의 혈겁을 단신으로 구한 신비의 절대구성(絕代救聖) 신도장홍. 그는 천외마부의 엄청난 신비만을 남겨 놓은 채 그날로써 홀연히 종적을 감췄다.

　백 년(百年)이 흘렀다.

　그 장구한 세월 동안 강호에서는 단 한 번의 혈겁도 일어나지 않았다. 수천 년 무림사에 그 전래가 없었던 백 년 세월의 평화는 과연 계속 지켜질 수 있을지…….

Contents

강호야화 1

제1장

천하제일광(天下第一狂)과 소년(少年)

01

휘이이이잉~~~~~~~

뼈골을 시리게 하는 매서운 삭풍(朔風)이 천지(天地)를 휩쓸었다.

더욱이 이곳은 중원(中原) 최북단(最北端)으로 하늘을 떠받칠 듯 우뚝 솟아 있는 천하 험산 중 험산 천주산(天柱山)이었다.

여기서 불어오는 칼날 같은 바람은 내륙(內陸)의 화사한 바람과는 비교할 바가 아니었다.

그런데 이 거칠고 황량한 절지(絶地)에도 달은 떠 있었다.

여인네의 기름진 둔부를 연상케 하는 만월(滿月)이 구름 사이를 오가며 교교로운 월광(月光)을 뿌리고 있었다.

그런데 저 멀리 천주산 소로(小路)에서 흔들리는 사람의 그림자가 산 아래로 내려오고 있었다

"꺼억! 어…… 취한다."

쓰러질 듯 비틀거리며 걸음을 옮기고 있는 그 사람의 행색은 실로 남루하기 그지없었다.

일신에 걸친 폐포(弊袍 : 낡은 솜옷)는 어찌나 빨고 빨았는지 하얗게 탈색되었고, 더구나 이곳저곳을 기우고, 기운 곳마저 다시 찢어지고 낡아서 성한 데라고는 거의 찾아 볼 수가 없었다.

그런데 이상한 것은 폐포를 걸친 사람은 그토록 초라한 행색임에도 불구하고 범인(凡人)에게서는 느낄 수 없는 특이한 분위기를 지니고 있었다.

그것을 무엇으로 표현해야 할까?

절대로 굽히지 않을 강인(强靭)함과 사람을 찍어 누를 듯한 위엄이, 그리고 달관자(達觀者)의 의연함 같기도 한 기도가 그의 전신에서 발산되고 있었다.

하지만 그런 폐포를 걸친 사람의 기도는 전신으로 갈무리된 채 겉으로 드러난 첫인상의 그는 엉망으로 취해 버린 거지의 그것과 진배없었다.

그런데 어느 순간 비틀거리던 그의 신형이 멈춰지며 난데

없는 욕설이 튀어나왔다.

"빌어먹을 땡초놈!"

그가 무엇을 생각하고 무엇에 그리 화가 났는지 빠드득! 어금니까지 갈아 붙였다.

"내가 백삼십 년(百三十年) 동안이나 고심(苦心) 끝에 이룩한 무공(武功)의 모든 정화(精華)를 이제 낯짝도 모르는 꼬마놈에게 몽땅 전수해 주라니……!"

그런데 그것은 참으로 이상한 일이었다.

일신에 드러난 외모로 짐작하건대 폐포를 걸친 자의 나이는 아무리 많이 먹어 보았자 사십 대 후반의 중년인이었다.

그런데 백삼십 년 동안 무공의 정화를 이룩하기 위해 고심을 하였다니? 본신의 내공이 출신입화(出神入火)의 경지에 오른 사람이 아니고서야 있을 수 없는 일이었다.

"그놈이 이제 늙어서 노망이 든 게 틀림없을 게야!"

늙은 땡초를 생각하자 폐포를 걸친 자의 전신에서 화염(火炎)같은 살기(殺氣)가 구름처럼 피어올랐다.

그는 끓어오르는 분노를 참기 어려운 듯 호로병을 주둥이째 입 속에 쑤셔 박았다. 술이 목젖을 통해 목구멍으로 넘어가는 소리가 귓전으로 울려 퍼졌다.

"커어억! 이런 제기랄……, 벌써 바닥이 났잖아!"

그는 빈 호리병을 거꾸로 들고 탁탁 털었다. 그러나 이미

다 마셔 비어 버린 호리병에는 술이 한 방울도 남아 있을 턱
이 없었다.

폐포를 걸친 자는 신경질적으로 호로병을 한 손으로 움켜
잡았다.

파스스스

호로병은 그의 수중에서 한 줌의 가루로 화해서 허공에 휘
날렸다. 실로 놀라운 내가진기였다.

그와 동시에 폐포를 걸친 자의 깊숙이 들어앉은 두 눈에서
뇌전(雷電)을 방불케 하는 가공할 신광(神光)이 섬전(閃電)같
이 뿜어져 나왔다.

"흐흐, 땡초놈! 분명히 기억해야 할 것이다. 내 비록 약속
을 지키기 위해 이곳에 왔다만 약속을 지킨 후에는……, 흐
흐……. 이 빚을 열 배로 갚아 주겠다!"

혼자 중얼거리고 있던 폐포를 걸친 자의 두 눈에서 의미를
알 수 없는 살기가 이내 치솟았다. 그는 지금 당장이라도 그
빚을 열 배로 갚아 줄 것이라는 듯 두 주먹을 불끈 쥐기까지
했다.

그런데 그때였다.

돌연 살기로 빛나고 있던 폐포를 걸친 자의 두 눈에서 모든
사물을 얼려버릴 듯한 싸늘한 한광이 번뜩였다.

그의 전면, 한 사람이 걸어오고 있었다.

그 사람은 나이 어린 소년이었다.

이제 겨우 십여 세 가량 되었을까?

그런데 그 소년 또한 낡아빠진 폐포 만큼이나 더러운 누더기 옷을 걸치고 있었다. 게다가 못 먹고 굶주려 뼈만 남은 앙상한 체격에 머리는 봉두난발(蓬頭亂髮)을 한 거지 차림이었다.

일신에 걸친 의복 따위는 그저 추위와 중요 부위를 가려 주는 껍데기에 불과하다는 걸 몸으로 보여주는 것처럼 소년은 유유히 걸어오고 있었다.

'햐아, 이건 거지 중에도 정말 상거지로군!'

폐포를 걸친 자는 일순간 자신의 남루한 행색마저 잊고 소년의 더러운 행색에 감탄의 빛을 떠올렸다.

그때 소년은 완만한 걸음걸이로 폐포를 걸친 자의 앞에까지 다가왔다.

순간 소년의 모습을 물끄러미 바라보던 폐포를 걸친 자의 눈가에 돌연 한 줄기 숨 막힐 듯 격렬한 빛이 스쳐갔다.

'허억! 이…… 이럴 수가!'

그는 자신의 목구멍까지 치민 경악성을 가까스로 삼켰다.

'으…… 으음! 실로 엄청난 놈이다. 이런 절지(絕地)에서 저토록 뛰어난 천골(天骨)을 지닌 꼬마를 보게 될 줄이야.'

그렇다. 소년은 비록 못 먹어 뼈만 앙상한 체격에 땟국물이 줄줄 흐르고 있는 모습이었으나 타고 난 천골(天骨)이었다.

결코 범인의 눈으로는 발견할 수 없는 것이었으나 다행스럽게도 폐포를 걸친 자는 그것을 한눈에 판별할 수 있는 신안(神眼)을 가진 인물이었다.

어느 순간 무시시한 뇌광을 발하는 폐포를 걸친 자의 눈과 무심한 소년의 눈길이 정면으로 마주쳤다.

그러나 소년은 폐포를 걸친 자의 눈에서 뿜어져 나오는 기광을 보고도 전혀 놀라는 기색이 없었다. 소년은 지극히 무심(無心)한 표정으로 폐포를 걸친 자의 곁을 그냥 스쳐가는 것이었다.

마치 길을 가다가 흔히 볼 수 있는 그저 그런 사람을 보았다는 것처럼…….

'어! 요놈 봐라!'

폐포를 걸친 자는 뜻밖이라는 듯 기광(奇光)을 번뜩였다.

그의 몸은 마치 자석에라도 이끌린 듯 자신을 지나쳐 가는 소년을 향해 돌려졌다.

"꼬마야!"

그는 나직하게 소년을 불렀다. 그러나 소년은 뒤를 돌아보기는커녕 아무 대꾸도 없이 계속 발걸음을 옮겨갔다.

"꼬마야!"

이번에는 폐포를 걸친 자의 음성이 조금 전보다 높아졌다.

소년은 그제야 발걸음을 멈추고 느릿하게 그를 향해 돌아섰다. 동시에 폐포를 걸친 자를 향해 쏘아보는 소년의 눈에서는 그것이 어린 소년의 것이라고는 도무지 믿을 수 없는 강렬한 눈빛이 쏘아져 나왔다.

"나는 꼬마가 아니에요!"

토하듯 말을 하는 소년의 눈빛은 각박하고 비정한 세상에 대한 한(恨)과 저주가 담겨 있었다. 이제 십여 세 남짓한 소년의 눈빛이라고 하기엔 믿기 어려웠다.

그는 이러한 소년의 눈빛을 접한 순간 섬찟한 느낌을 맛보았다. 그러나 그것은 그의 호기심에 더욱 불을 지르는 결과를 가져왔다.

폐포를 걸친 자의 입꼬리에서 묘한 미소가 떠올랐다.

그는 될 수 있는 대로 부드러운 어조로 소년을 향해 말을 건넸다. 그것은 그에게 있어서 무한한 인내를 요하는 것이었다.

"미안하구나, 그래 너의 이름은 무엇이냐?"

"……!"

그러나 소년은 말없이 그를 바라보다가 별 이상한 사람을 다 보았다는 듯 등을 돌려버렸다.

순간 그의 입가에 떠올랐던 모처럼의 미소가 급격하게 일그러졌다. 그가 강호에 출도한 이래로 이처럼 자신을 무시하는 사람을 보지 못했다. 그것도 손자뻘도 안 되는 꼬마 놈에게 무시를 당한 것이다.

'요…… 도토리만한 놈이 감히 나를……!'

그는 치밀어 오르는 분노를 못 참고 벼락같은 호통을 내질렀다.

"네 이노옴! 어디서 배워먹은 건방진 짓이냐! 네놈에게는 어른의 존재도 보이지 않는단 말이냐?"

그의 호통이 있자 소년의 고개가 홱 돌았다.

소년의 검은 동공에서 뿜어져 나오는 눈빛. 그것은 완연한 적의(敵意)가 담긴 아니 차라리 살기에 가까운 것이었다.

"당신……, 나이만 먹으면 다 어른이 되는지 아시오? 내 비록 어리다 하나 엄연히 학문(學文)을 닦는 문사(文士) 이거늘……! 당신의 불손한 태도를 고치기 전에는 내 이름을 알려 줄 수 없을 뿐더러 나는 더 이상 당신에게 아무 대답도 하지 않을 것이오!"

'허……!'

쏘아붙이는 소년의 말에 그는 입이 딱 벌어졌다.

한마디로 기가 막힌 것이다.

그는 또 한 번의 분노가 일었다. 아니, 이것은 분노의 감정이 아니라 수치심이었다.

그러나 그것은 잠시였다. 어느 순간 그의 얼굴에는 분노가 아닌 기이한 미소가 번지기 시작했다.

그는 마침내 너털웃음을 터뜨리고 말았다.

"크하…… 크하하핫! 대단하다, 정말 대단해. 좋아, 너무 좋아! 크하하핫……!"

한 번 터진 너털웃음은 걷잡을 수 없는 앙천광소가 되었다.

이윽고 그는 웃음을 멈추며 감탄한 듯 입을 열었다.

"비록 어리지만 진정한 장부(丈夫)를 본 것 같다. 실례했네, 어린 친구! 자네의 이름은 뭐라고 하나?"

그제야 소년의 입가에 희미한 미소가 번졌다.

"소생의 이름은 냉한성(冷寒星)입니다."

"뭐……, 뭣이?"

그의 입이 다시 한 번 동굴처럼 크게 벌어졌다.

'냉한성……. 네가 바로…… 으음! 그 땡초놈이 한 말이 결코 허튼말이 아니었구나.'

하지만 그는 자신의 내심을 감춘 채 담담한 어조로 말했다.

"노부는 너를 기다리고 있었다."

그의 말에 냉한성의 눈이 이채롭게 반짝였다.

'이제 사십 정도밖에 안 돼 보이는 사람이 노부라고? 더구나 나를 기다리고 있었다니?'

냉한성은 내심 고개를 갸웃거렸다.

그러나 냉한성의 눈빛은 곧 무심(無心)하게 변했다.

폐포를 걸친 자의 입가에 기묘한 미소가 떠올랐다. 그는 냉한성을 보고 그가 지금 무슨 생각을 하는지 금방 알아차린 것이다.

"내가 노부라 칭하는 것이 너는 이상한 모양이구나?"

냉한성은 순순히 시인했다.

그는 웃으면서 말했다.

"네가 보기엔 노부가 중년처럼 보일 것이나 실제 나의 나이는 백오십 살에 가까우니라."

"백⋯⋯오 오십?"

무표정한 냉한성의 얼굴에도 그 순간만큼은 경악의 빛이 떠올랐다. 그러나 그는 곧 놀란 마음을 가라앉히고 침착하게 입을 열었다.

"헌데 노인어른께서는 무슨 연유로 저를 기다리셨습니까?"

폐포를 걸친 자는 처음에 부드러운 웃음을 보이다가 이내 사악한 웃음으로 변했다. 처음 부드러운 웃음은 냉한성의 얼굴을 보고 떠올린 것이었고, 그것이 사악함으로 변한 것은 냉한성을 부탁한 늙은 땡초의 능글맞은 미소가 떠올랐기 때문이었다.

"흐흐⋯⋯, 그것은 어느 중놈과의 약속 때문이다!"

냉한성은 노인의 말에 의아한 기색을 보였다.

'중놈이라니? 이 노인은 누구를 말씀하시는 걸까? 내가 알

고 있는 스님은 없는데…….'

냉한성은 일시 혼란스러웠다.

이 절지(絶地)에서 자신을 기다리고 있는 노인의 존재도 그렇거니와 자신도 알지 못하는 중과의 약속이라니…….

냉한성은 눈을 가늘게 뜨며 노인의 얼굴을 직시(直視)했다. 노인의 얼굴에서 작은 단서라도 찾으려는 듯한 눈빛이었다.

그런데 바로 그때 노인의 안색이 석고처럼 굳어졌다.

그와 동시에 그의 깊숙이 들어앉은 두 눈에서 전율할 정도의 한광이 뻗어 나왔다.

어떤 기척을 느낀 것이다.

"흐흐……. 비천마영(飛天魔影)! 또 네놈이로구나!"

그러나 영문을 모르는 냉한성은 더욱 어리둥절한 표정을 지었다.

그 순간 무덤에서 흘러나오는 듯한 음유(陰幽)한 마소(魔笑)가 밤하늘을 갈랐다.

"흐흐……. 과연 천하제일광(天下第一狂)의 안목은 녹슬지 않았군!"

슈슉!

말이 떨어짐과 동시에 두 줄기 그림자가 어둠 속에서 빛살같이 뻗어 나와 모습을 드러냈다.

그들은 시뻘건 눈썹에 전신을 핏빛 혈의(血衣)로 감싼 음침

한 인상의 노인과 묵빛의 헐렁한 장포를 걸친 얄팍한 모습의
오순 노인이었다.

시뻘건 눈썹의 혈의 노인을 발견한 폐포를 걸친 자의 눈가
에 은은한 경련이 일어났다.

그는 묵직한 신음을 흘렸다.

"태양마군(太陽魔君) 혁산용(赫散龍)!"

그렇다.

나타난 노인은 당금 강호를 진동시키는 태양마군 혁산용이
었다.

비천마영과 함께 그가 나타날 줄 폐포 노인도 미처 생각하
지 못했던 터였다.

태양마군 혁산용은 그런 폐포 노인을 비웃기라도 하려는
듯 한차례 으스스한 웃음을 터뜨렸다.

"흐흐흐! 천하제일광 뇌강후! 본군이 직접 나설 줄은 꿈에
도 생각 못했겠지?"

폐포 노인 아니, 천하제일광 뇌강후는 아무 대꾸도 없이 좌
측의 장포노인에게 시선을 돌렸다.

"비천마영! 네놈은 또 어떤 쥐새끼들을 몰고 왔느냐?"

그는 내심 담담함을 가장하고 있었지만 극도로 분노를 억
제하는 듯 심하게 떨리는 것만은 감추지 못했다.

비천마영은 득의의 괴소를 터뜨렸다.

"으흐흐! 네놈은 우리 사형제(四兄弟)에게만 빚을 진 것이 아니지 않느냐?"

그리고 뇌강후가 뭐라고 입을 열기도 전이었다.

수천 개의 금종(金鐘)을 한꺼번에 때리는 듯한 장중한 불호가 우측 숲 속에서 울려 퍼졌다.

동시에 한 명의 회의노승(恢衣老僧)이 암천(暗天)을 가르고 홀연히 그들의 앞으로 날아들었다.

"반야선……. 반야선승(般若禪僧)……!"

회의노승을 보는 순간 뇌강후는 부르르 안면근육까지 경련시키며 떨리는 음성으로 더듬거렸다.

반야선승은 그런 뇌강후를 향해 나직이 합장했다.

"아미타불! 뇌시주, 이제 그만 대승반야경(大乘般若經)을 돌려주어야 할 때가 왔소이다."

그런데 뇌강후가 뭐라고 말을 하기도 전이었다.

회의노승을 발견한 천하제일광 뇌강후의 안면근육이 미미하게 경련을 일으켰다. 재차 허공에서 웅후한 도호성이 울려 퍼지며 청수한 인상의 노도인(老道人)이 나타났다.

"무량수불! 태청비록(太淸秘錄)도 돌려주어야겠소!"

노도인은 물처럼 담담하게 가라앉은 눈빛, 탐스러운 은염(銀髥)이 가슴께까지 덮고 있었다. 그리고 한 손에는 벽옥불진(碧玉佛塵)이 굳게 쥐어져 있었다.

천하제일광 뇌강후는 나직한 신음성을 토했다. 지금 눈앞에서 벌어지고 있는 상황은 꿈에서조차 대면하고 싶지 않은 최악의 상황이었다. 그러나 뇌강후는 천하제일광답게 담담한 어조로 말했다.

"으음……. 오행우사(五行羽士), 당신까지 몰려 왔을 줄은 몰랐구려."

그러나 반야선승과 오행우사의 등장은 시작을 알리는 신호일 뿐이었다.

"아미(峨嵋)의 무상금강대정법력(無上金剛大定法力)을 돌려주시오."

"곤륜(崑崙)의 천선사십팔검보(天仙四十八劍譜)를 돌려주시오!"

"개방(丐幇)의 옥현귀진록(玉玄歸眞錄)을……."

곳곳에서 싸늘한 외침과 함께 도합 열 명의 인영이 속속 그의 면전에 떨어져 내렸다.

일이 이쯤 되고 보니 애써 담담을 가장하고 있던 뇌강후는 혼비백산(魂飛魄散)하지 않을 수 없었다. 더욱이 그들이 한결같이 그에게 요구한 것은 각 문파의 최고의 무공비급 들이었다.

천하제일광 뇌강후!

그의 모든 것은 단 여덟 자로 대변된다.

― 고금 절대제일기인(古今絶代第一奇人) ―

수천 년 무림사(武林史)를 통틀어 가장 위대한 기인으로 꼽히는 그는 무림 최고의 기인(奇人)인 동시에 또한 무공(武功)에 미친 무공광(武功狂)이었다.

그의 평생은 오직 무공일도(武功一道)에 있다 할 것이다.

그리고 그의 무공에 대한 광기는 마침내 그를 당금 무림에 네 개의 하늘로 불리워지는 절대초극고수(絶代超克高手) 사인(四人) 즉, 중원사천(中原四天) 중 한 사람으로 만들어 주었다.

천하제일광(天下第一狂) 뇌강후(雷 侯).

무무승(無無僧).

혈해마존(血海魔尊) 제갈월문(諸葛月門).

그리고 구천성모(九天聖母) 설벽하(雪碧河).

이들이 바로 중원무림 개사 이래 가장 극강(極强)한 무공을 지녔다는 중원사천이었다.

원래 천하제일광 뇌강후는 한 가지 원대한 꿈을 안고 정확히 백삼십 년 전에 강호에 출도(出道)했다.

"천하의 모든 무학(武學)을 익히겠다!"

이것은 당연히 망상(妄想)일 수밖에 없었다.

그러나 이 위대한 무공광은 그를 비웃던 자들의 머리에 찬물을 끼얹었다. 천하의 무공비급을 하나 둘씩 훔치기 시작한 것이다.

방법이 졸렬하다고 비웃는 것은 억지일 뿐이었다. 그는 그가 말한 대로 천하의 모든 무학을 익히면 그만인 것이다.

뇌강후의 이 전대미문의 도둑 행각은 장장(長長) 백 년간에 걸쳐 계속되었다.

무림 백대문파(武林百代門派)나 아무리 강호에 알려진 초절정 고수라 할지라도 뇌강후의 신출귀몰(神出鬼沒)한 투술(偸術)에는 당해 낼 재간이 없었다.

급기야 강호는 단 한 명의 비급 도둑 때문에 가마솥에 물이 끓듯이 들끓어 오르기 시작했다.

뇌강후는 전 무림의 공적(公敵)이 되었고, 최절정의 정사고수(正邪高手) 삼백여 명이 혈안(血眼)이 되어 그를 추격했다.

그러나 천하제일광 뇌강후, 그는 영원히 꼬리를 잡히지 않는 신룡(神龍)이었다. 비록, 수없이 많은 죽음의 고비가 있었으나 그는 그때마다 엄청난 무공과 기지(機智)로 유유히 사지(死地)를 벗어났던 것이다.

그러던 그가 이제 최악의 상황을 맞이한 것이다.

휙휙휙―!

장내에 나타난 열 명은 신속히 움직여 뇌강후를 포위했다.

"천하제일광! 오늘 만큼은 결코 놓치지 않겠다. 순순히 우

리들에게서 가져간 비급을 내놓는다면 네놈의 목숨만은 고려
해 보겠다!"

비천마영이 냉막하게 외치자, 나머지 인물들은 동감이라는
듯 무겁게 고개를 끄덕였다.

뇌강후는 처음의 놀란 모습이 아니었다. 언제 놀랐느냐는
듯 여유로운 모습이었다. 그는 오만한 시선으로 장내의 인물
들을 쓸어 본 후 냉한성에게로 시선을 돌렸다.

아직까지 무슨 영문인지를 모르는 냉한성은 엉거주춤한 자
세로 그 자리에 서 있었다.

뇌강후는 냉한성을 향해 부드럽게 입을 열었다.

"어린 친구, 아무래도 자네와의 애기는 잠시 후로 미루어야
겠네."

냉한성이 뭐라고 입을 열기도 전 뇌강후의 우수(右手)가 가
볍게 흔들렸다.

순간 냉한성의 몸은 어떤 무형의 기류(氣流)에 떠받쳐진 듯
순식간에 삼 장 높이의 나뭇가지 위로 두둥실 떠올랐다.

"헉—!"

냉한성은 소스라치게 놀라 벌린 입을 다물지 못했다.

'내…… 내가 꿈을!'

냉한성은 자신이 꿈을 꾸는 것 같은 착각이 들었다.

적어도 자기가 알고 있는 상식으로 이해할 수 없는 일이 자

신의 눈앞에서 아니, 자신의 몸으로 벌어진 것이다.

그러나 이것은 분명한 현실이었다.

냉한성은 나뭇가지 위에 엉덩이를 걸치고 편안한 자세로 앉아 있었다.

이윽고 뇌강후는 천연덕스러운 표정으로 장내의 인물들과 마주섰다. 그 당당한 태도는 자신을 포위한 인물들 따위는 안 중에도 없는 듯 보였다.

그의 표정을 대하자 장내의 인물들의 얼굴에는 무시당한 데에 대한 노여움이 거의 동시에 떠올랐다.

격분을 참지 못한 태양마군은 시뻘개진 얼굴로 뇌강후를 향해 소리쳤다.

"뇌강후! 과연 천하제일의 미친놈 답구나. 건곤사선(乾坤四仙)과 패천사군(覇天四君)이 모두 나타났는데도 겁먹은 표정 하나 없다니!"

아마도 태양마군의 외침을 듣고 놀라지 않을 사람은 당금 강호에 존재하지 않을 것이다. 그러나 천하제일광답게 뇌강후는 피식! 웃고 말았을 뿐이다.

건곤사선(乾坤四仙)!

패천사군(覇天四君)!

당금 무림의 정사(正邪)를 대표하는 팔 인의 절대무적 고수들.

그러나 뇌강후의 눈에는 칠칠맞게 도둑이나 맞고 이제 다시 그 물건을 찾으러온 시골 무지렁이 노인들로밖에 보이지 않았다.

건곤사선(乾坤四仙)!

당금 정도무림을 대표하는 사인(四人)의 초극고수(超克高手)들, 곧 그들은 정도 무림의 태양이다.

반야선승(般若禪僧)!

오행우사(五行羽士)!

곤륜일학(崑崙一鶴)!

십절신개(十絕神丐)!

이들 네 사람을 일컬어 건곤사선으로 칭했다.

반야선승.

현 소림(少林)의 장문지존(掌門至尊)인 백공대사(白空大師)의 사숙인 동시에 소림 칠십이종절예(少林七十二種絕藝) 중 육십구 종(六十九種)을 통달한 소림 최고의 고수였다.

오행우사.

무당(武當)이 배출한 도가무공(道家武功)의 제 일인자로 현 무당 장문인의 사제(師弟)이나 지닌 무공은 오히려 장문인을 능가한다고 알려졌다.

곤륜일학.

건곤사선 중에서도 최고의 배분(排分)을 가진 전대 기인(前

代奇人)으로 오늘날 곤륜파가 무림 양대 산맥인 소림, 무당과 어깨를 나란히 하고 있음은 모두가 곤륜일학, 그의 힘으로 평가하고 있다.

십절신개.

개방의 태상장로(太上長老)라는 지고한 신분을 가진 그는 개방 천년사(千年史)이래 가장 걸출한 기재로 꼽혀진다. 그의 일신무공은 개방조사(丐幇祖師) 구취선개(九醉仙丐)를 오히려 능가하는 경천(驚天)할 경지에 이르렀으며, 스스로 삼십칠종(三十七種)의 개방절예를 창안하여 당당히 건곤사선의 일인(一人)으로 추앙 받고 있다.

패천사군(覇天四君)!

건곤사선에 필적하는 사도 최강의 고수 사인(四人)!

태양마군(太陽魔君) 혁산용(赫散龍)!

사천검마(死天劍魔) 염무기(廉武奇)!

백시령군(白屍靈君) 하도옥(河刀玉!

고루사군 겸승(兼勝)!

그들을 일컬어 패천사군이라 칭했다.

태양마군 혁산웅.

중원최대의 사도대파인 태양보(太陽堡)를 이끌고 있는 태양보주(太陽堡主)로 한 쌍의 육장(肉掌)으로 펼쳐지는 태양파천황(太陽破天荒)은 그의 성명절학(成名絕學)인 동시에 무림사상 가장 극양(極陽)한 장공으로 평가된다.

사천검마 염무기.

사도제일검(邪道第一劍)으로 불리우는 그는 검의 절대달인(絕代達人)으로 한 자루의 적혈검(赤血劍)으로 녹림(綠林) 전체를 통합시켰다. 일단 발검(拔劍)하면 반드시 죽음을 부르는 공포의 쾌검식(快劍式), 적혈마검십이식(赤血魔劍十二式)!

그의 적혈검 아래 목숨을 부지한 자는 아직까지 없었다.

백시령군 하도옥.

어떠한 내가강기(內家 氣)라도 여지없이 꿰뚫는 필살필중의 조공(爪功)인 시골음풍조(屍骨陰風爪)!

두 손에서 피가 마를 날이 없는 그는 조공의 천하제일인이다.

02

고루사군 겸승.

그는 평생 두 번 패했다. 천하제일광과 혈해마존, 바로 중원사천의 두 자리를 차지하고 있는 두 절대고수에 의해……. 그러나 그는 자신을 패배시킨 두 사람을 꺾는 것을 평생의 염(念)으로 삼고 살아왔다.

그의 고루혈마공은 무림사상 가장 패도적인 사공(邪功)이다.

천하제일광을 포위하고 있는 건곤사선과 패천사군, 그들은 모두 석년에 천하제일광과의 대결에서 패하여 비급을 빼앗겼었다.

패천사군을 쓸어 보던 천하제일광의 입가에 싸늘한 조소가 어렸다.

"흐흐……! 너희 패천사군이 아니라 패천십군이 몰려와도 눈 하나 깜짝하지 않을 나다. 가소로운 놈들!"

"닥쳐라! 이 찢어 죽일 도둑놈아!"

태양마군의 분노에 찬 목소리가 밤하늘을 뒤흔들었다.

이때 장엄한 불호와 함께 반야선승이 한 걸음 조용히 앞으로 나섰다.

"시주! 노납이 뇌시주의 뒤를 쫓은 지 어언 사십 년(四十年)이오. 뇌시주가 대승반야경만 순순히 돌려준다면 더 이상 죄과를 묻지 않겠소."

그의 태도는 과연 불심(佛心) 깊은 고승(高僧)답게 광명정대함이 깃든 것이었다.

뒤이어 오행우사와 곤륜일학도 동감의 뜻을 표시했다.

"무량수불……, 빈도 역시 마찬가지 생각이오."

"당신이 훔쳐 간 비급만 돌려준다면 나 또한 죗값을 묻지 않겠소."

뇌강후는 잠시 머뭇거리다 스산한 미소를 지었다.

“흐흐흐, 물론 돌려주지!”

바로 그 순간 사천검마 염무기가 음산하게 외쳤다.

“뇌강후! 난 비급도 필요 없다. 다만 네놈과의 비무만을 바랄 뿐이다!”

사천검마 염무기는 그에게 패한 치욕을 갚겠다는 일념으로 지금까지 살아왔다 해도 과언이 아니었다. 그런 그에게 비급보다도 소중한 것은 자신의 실추된 명예를 회복하는 것뿐이었다.

천하제일광을 노려보는 그의 두 눈에서는 가공할 만한 녹광(綠光)이 줄기줄기 뻗쳐 나왔다. 그리고 그의 오른손은 어느새 애검(愛劍) 적혈검의 검 자루에 닿아 있었다.

그러나 염무기를 바라보는 천하제일광은 아무런 자세를 취하지 않은 채 얼굴 가득 비웃음을 떠올렸다.

"흐흐……. 네놈에게 그럴 만한 자격이 있는지 의문이구나! 나에겐 한 가지 철칙이 있다. 절대로 사람을 죽이지 않는다는 것이지. 허나 네놈에게는 즐거이 예외를 베풀 수도 있다는 것을 잊지 말아라!"

"으…… 으!"

사천검마는 격한 분노에 세차게 전신을 떨었다. 그러나 그의 검은 아직도 뽑히지 않고 있었다. 주저하고 있는 것이다.

사천검마 염무기를 주시하던 천하제일광은 내심 웃었다.

'흐흐, 그러면 그렇지. 네놈은 나와 싸울 자격조차 없는 놈이다.'

천하제일광은 염무기를 무시한 채 건곤사선에게 시선을 돌렸다.

"당신들은 잠시 기다리시오. 네 명의 귀신과 먼저 은원(恩怨)을 해결한 후 당신들과의 일을 매듭짓겠소."

건곤사선은 잠시 망설이는 눈치였으나 이내 묵묵히 고개를 끄덕이며 굳은 표정으로 각기 세 걸음씩 뒤로 물러났다.

천하제일광은 패천사군을 노려보며 차가운 음성으로 말했다.

"어느 놈이 먼저 노부의 가르침을 받겠느냐?"

천하제일광의 말이 떨어지기가 무섭게 태양마군이 번쩍 신형을 띄웠다.

"물론 나지. 죽어라! 미친놈아!"

그는 광폭하게 외치며 쌍장을 교차시키며 내뻗었다.

화…… 아아악!

무림사상 가장 극강극양(極强極陽)한 태양파천황이 마침내 전개된 것이다. 마치 지옥의 불길을 방불케 하는 엄청난 열강장력이 천지를 휩쓸었다.

거의 동시에 천하제일광의 쌍장도 태양마군의 장력을 맞받아 쳤다.

"태양— 파천황—!"

놀랍게도 그가 태양마군을 맞받아 친 것도 똑같은 태양파천황이었다.

꽈르— 르릉!

콰아아아……!

천주산을 뒤흔드는 굉렬한 폭발음과 함께 일순간 천지(天地)가 대낮처럼 밝아졌다.

암천(暗天)을 집어삼킬 듯 위로 솟구친 어마어마한 불기둥. 이것을 어찌 인간의 무공이라 말할 수 있을까?

"커억!"

누군가의 참담한 비명이 터졌다.

놀랍게도 태양마군이었다. 그의 독문무공으로 선제공격을 감행한 그가 오히려 한 무더기의 핏덩이를 토하며 무너지듯 무릎을 꿇었다. 믿을 수 없게도 천하제일광이 펼쳐 낸 태양파천황이 더욱 무서운 위력을 나타낸 것이다.

중인들은 이 사실에 경악했다.

'이…… 있을 수 없는 일……!'

이때 천하제일광이 어깨를 으쓱거리며 말했다.

"어떠냐? 훔쳐 배워도 이만하면 쓸 만한 것 아니냐!"

태양마군은 입을 쩌억 벌린 채 아예 할 말을 잊었다. 불신과 경악! 이 모든 것이 중인들의 표정을 대변해 주었다.

승부는 어이없게도 단 일 초에 가늠된 것이다.

뇌강후가 으쓱거리는 틈을 놓치지 않고 한 인영이 허공으로 솟구쳐 올라왔다.

"어디 내 검도 받아 내 보아라!"

사천검마 염무기가 섬전처럼 허공으로 몸을 날렸다.

쏴와아아— 앙!

그가 발검한 순간 이미 하늘과 땅이 사라진 것 같은 착각이 들었다. 단지 휘황찬란한 검광(劍光)과 대기를 통째로 가르는 가공할 파공성만이 귀청을 찢었다.

"적혈마검십이식—!"

천하제일광의 냉갈이 그 가공스러운 파공성을 뚫고 장엄하게 울려 퍼졌다.

콰르르릉!

뇌성벽력과 함께 번쩍하며 시퍼런 불꽃이 잇달아 사방으로 작렬하듯 퍼져 나갔다. 그 기세는 실로 놀라워 그 둘을 둘러싼 방원 십여 장의 주위를 완전히 휩쓸고 있었다.

잠시 후, 천지를 뒤엎었던 모든 것이 걷히고 서서히 주위의 경물이 드러났다.

"크으…… 윽!"

나직한 신음소리가 들렸다.

붉은 피로 얼룩진 염무기의 전신은 그대로 굳어 있었다. 자세히 보면 작게 요동치며 빠른 속도로 전신을 떨고 있다는 것을 알 수 있었다. 이 와중에도 염무기의 머리는 패전에 대한 생각으로 꽉 차 있었다.

'내가 이렇게 처참하게 패할 줄은 진정 생각도 못했다. 태양마군 혁산용이 당한 것도 그저 천하제일광이 운이 좋았을 뿐이라고 생각했다. 허나 나도 산산조각 난 검 자루만을 움켜쥔 채 전신을 무섭게 떨고 있는 것이다. 나! 사천검마 염무기가 말이다!'

천하제일광 뇌강후는 역시 염무기가 펼친 적혈마검십이식과 같은 초식으로 승리를 거둔 것이다.

남은 패천이군은 이 믿을 수 없는 사실에 완전히 얼어붙었다.

'이…… 이것은 꿈인가?'

'도대체, 어…… 떻게 이런 일이……!'

허나 어찌 하겠는가! 이것이 현실인 것을…….

"흐흐흐, 뭣들 하느냐? 이제 귀찮으니까 한꺼번에 덤벼라!"

천하제일광이 미친 듯한 앙천광소를 터뜨렸다.

"으…… 죽일 놈!"

고루사군 겸승이 분노에 찬 살염을 토해냈다.

다음 순간 고루사군이 고루음혈마공을 최고로 끌어올렸다. 그러자 그의 형체는 순식간에 하반신부터 사라지기 시작했다.

스스스스……

그와 동시에 천하제일광의 몸도 어느새 안개처럼 흐릿해지고 있었다.

"고루음마혈공―!"

두 사람의 입에서 똑같은 외침이 터져나왔다.

꽈― 꽈아앙!

휘류류류― 류!

엄청난 강기의 폭풍이 무서운 회오리를 일으키며 천주산을 휩쓸었다.

그들이 한 번 부딪침에 열두 번 변초(變招)하고 스물일곱 번이나 위치가 변한 것을 그들 이외에 아무도 본 사람이 없을 것이다. 그만큼 그들이 펼쳐 낸 초식들은 극쾌의 것이었다.

"커억!"

누군가의 입에서 비명소리가 터져 나왔다.

사라졌던 고루사군의 모습이 드러났다. 그의 입가로 붉은 선혈이 주르르 흘러내렸다. 그의 모습으로 보아 비명소리의 주인임을 쉽게 알 수 있었다.

'내가 당하다니, 정녕 저 미친놈은 무적이란 말인가?'

천하제일광의 모습이 나타나기가 무섭게 백시령군 하도옥이 분노에 찬 폭갈과 함께 무서운 속도로 천하제일광을 덮쳤다.

“시골음풍조!”

실로 숨 돌릴 여유조차 주지 않는 악랄한 쾌습이었다. 더구나 그 빠름이란 빛살과도 같고 시기도 적절하여 이번에는 아무리 천하제일광의 무공이 강하다 해도 승리를 장담하기 어려워보였다.

그러나 그 순간 천하제일광의 당당한 목소리가 들려왔다.

“크하하핫! 여우같은 놈!”

허공에서 천하제일광의 차가운 웃음이 울려 퍼지자 두 가닥 섬광(閃光)이 밤하늘을 갈랐다.

파파파팟!

두 가닥의 푸른빛이 얽히며 뇌전을 만들어 냈다.

백시령군은 가슴이 화끈해짐을 느끼며 목청껏 비명을 질렀다.

“크으악!”

백시령군은 피가 분수처럼 뿜어져 나오는 가슴을 움켜쥐며 땅에 떨어졌다.

쿵!

어느새 천하제일광의 두 손이 그의 가슴을 한 웅큼이나 뜯어냈다. 이로써 패천사군은 또 한 번 그에게 치욕적인 패배를 당했다.

천하제일광은 넋이 빠져 있는 패천사군을 쏘아보며 말했다.

"네놈들의 실력으로는 설사 죽었다 깨어난다 해도 나를 당할 수 없다. 이제 내 앞에서 당장 사라져라!"

"으…… 으……!"

패천사군은 더할 수 없는 치욕과 분노에 부르르 온몸을 떨었다.

그들은 한순간 모두 약속이라도 한 듯 한꺼번에 천하제일광에게 몸을 날렸다.

"죽어랏!"

"이런 치욕을 또 당하다니……!"

이판사판!

패천사군은 자존심도 명예도 다 팽개치고 무자비한 합공을 감행했다.

"으흐흐, 패천사군이 한 사람을 일제히 공격하다니 부끄럽지도 않느냐?"

천하제일광은 태연히 말함과 동시에 빙글 신형을 회전시켰다.

"태양파천황!"

"적혈마검십이식!"

"고루음혈마공!"

"시골음풍조!"

진정 놀라운, 아니 믿어지지 않는 광경이 벌어졌다.

천하제일광 그의 한 몸에서 각기 다른 네 가지의 절정기공이 한꺼번에 우르르 쏟아진 것이다.

"헉!"

"아니 저…… 저럴 수가!"

사태를 주시하고 있던 건곤사선의 입에서 거의 동시에 놀람에 찬 탄성이 터져 나왔다.

꽈꽈꽈꽝!

천주산이 통째로 무너져 내리는 듯한 거대한 폭발음이 연이어 들리고 지축이 대지진을 만난 듯 무섭게 요동쳤다.

"커억!"

"크우욱!"

연이어 비명소리가 들렸다.

합공을 펼쳤던 패천사군이 오히려 실 끊어진 연처럼 사방으로 피를 뿌리며 튕겨나가고 있었다.

어떻게 이런 일이 가능할까?

한 사람이 평생을 걸쳐 연마해도 펼치기 힘든 패천사군의 독문무공이 한 사람의 몸에서 동시에 쏟아져 나왔으니…….
더구나 그것들은 각기 상반된 성질의 절정기공들이 아닌가!

정녕 불가사의(不可思議)하지 않을 수 없으며 통천경악(通天驚愕)할 일이다!

천하제일광은 나뭇가지 위의 냉한성을 쳐다보았다.

"어떠냐? 너를 찾아온 늙은 친구의 솜씨가 쓸만하지 않느냐?"

냉한성은 지금 완전히 얼이 빠져 있었다. 손바닥에서 화염이 쏟아져 나오고 폭풍 같은 광풍이 몰아치는 것을 듣지도 보지도 못한 냉한성은 지금 귀신에게 홀린 기분이었다.

그러나 그는 이내 씨익 웃으며 말없이 엄지 손가락을 치켜들었다. 바보가 아닌 이상 그 뜻이 최고를 뜻한다는 것을 모르지는 않을 것이다.

"우흐흐흐!"

천하제일광은 갑자기 괴상망측한 웃음을 터뜨렸다. 사실 냉한성의 행동에 마음이 무척 흡족했다. 이어 그는 가볍게 손을 내뻗었다.

그러자 냉한성의 몸은 거짓말 같게도 천하제일광 바로 앞에 사뿐히 내려졌다.

놀라운 섭인접물신공(攝引接物神功)이었다.

이때 나직한 불호를 뇌이며 반야선승이 한 걸음 앞으로 나섰다.

"아미타불! 뇌시주, 이제 노납과의 약속을 지켜 주셔야겠소."

반야선승의 얼굴은 은연중 굳어 있었다.

비단 반야선승 뿐만 아니라 천하제일광의 불가사의한 절학을 직접 목격한 건곤사선 모두가 창백하게 굳어 있었다.

천하제일광의 입가에 쓸쓸한 고소가 떠올랐다.

"난 한 번 약속한 것은 꼭 지키는 사람이오. 하지만 지금은 안 되오. 후일 내가 꼭 돌려 드릴 테니 오늘은 이만 돌아가 주시오."

"그렇게는 못하오!"

오행우사가 결연하게 내뱉었다.

동시에 그의 얼굴에서는 상황에 따라서 생사(生死)를 도외시 하겠다는 비장한 기색이 떠올랐다.

천하제일광이 그것을 모를 리 없었다.

"흐흐…… 오행우사! 그대가 노부의 적수가 되리라 생각하나?"

"……!"

오행우사는 대꾸하지 않았다. 단지 초조함을 못 이겨 혀로 입술을 한 번 적셨을 뿐이다.

차츰 장내에 또 하나의 무서운 긴장감이 감돌기 시작했다.

긴장감을 깨뜨린 것은 오행우사였다.

"그런 불행한 사태가 일어나지 않기를 바랄 뿐이오."

천하제일광은 묵묵히 오행우사를 쏘아보다가 천천히 입을 열었다.

"당신들의 비급은 지금 내 수중에 없소. 허나 나를 믿는다면 삼 일 후 반드시 돌려주겠소."

말을 마친 그는 긴장된 표정으로 서 있는 냉한성에게 조용히 손을 내밀었다.

"늙은이가 어린 친구를 너무 오래 기다리게 했구나. 자, 가자!"

그는 곧 냉한성의 손을 이끌고 천천히 걸음을 옮기기 시작했다.

"당신의 말을 어떻게 믿으란 말이오!"

곤륜일학이 크게 외쳤다.

느릿하게 걸음을 옮겨가던 천하제일광의 몸이 그 순간 멈칫했다. 그러나 그는 곧 멈췄던 걸음을 다시 옮겨가며 무심하게 말했다.

"나, 천하제일광! 평생 거짓말을 모르고 살아왔다. 믿고 안 믿고는 그대들의 자유……! 원한다면 언제든지 출수하라!"

강자(强者)의 여유였다.

천하제일광의 오만한 말에 곤륜일학의 눈매가 파르르 경련했다. 건곤사선의 얼굴도 짧은 순간에 수차례나 뒤바뀌었다.

그러나 어느 누구도 출수하지는 못했다. 그들은 알고 있었다. 자신들은 도저히 그의 적수가 되지 못한다는 사실을……!

그런 그들에게 비겁하다고 손가락질하는 사람 또한 없을

것이다. 그만큼 천하제일광의 무공은 독보적인 것이었다.

천하제일광 뇌강후와 소년 냉한성!

일노일소(一老一少)는 그렇게 천천히 어둠 속으로 빨려들
었다.

제2장

광천경(狂天經)

01

"이곳이 제가 살고 있는 집입니다."

냉한성이 걸음을 멈춘 곳은 한 채의 초라한 모옥(茅屋) 앞이었다.

"누추하지만 잠깐 안으로 들어오시지요."

"그래, 들어가자."

냉한성의 안내를 받으며 천하제일광은 곧 모옥 안으로 들어갔다. 실내는 비좁고 초라했으나 깔끔하게 정돈되어 있었다. 실내를 무심코 둘러보던 천하제일광의 입에서 놀람에 찬 탄성이 터져 나왔다.

"아니…… 저것은!"

왼쪽 벽면, 그곳에는 놀랍게도 이루 헤아릴 수도 없이 많은 책들이 산더미처럼 쌓여 완전히 한쪽 벽면을 메우고 있었다. 그러나 천하제일광을 놀라게 한 것은 책의 분량 때문이 아니었다.

책의 수준이다. 실로 믿을 수 없게도 그 책들은 하나같이 심오하고 난해해 평생을 학문에만 정진해 온 대학사(大學士)라도 골머리를 싸매고 읽어야 할 희귀한 진서(眞書)들이었다.

'이…… 이럴 수가 있나……!'

천하제일광은 한동안 넋이 빠져 있다가 냉한성에게 다급히 물었다.

"꼬마…… 아니 어린 친구, 이 책들이 모두 너의 것이냐?"

냉한성은 조용히 머리를 끄덕였다.

"그렇습니다."

"그……그렇다면 설마 네가 이 많은 책들을 다 읽었다는……."

천하제일광의 질문이 채 끝나기도 전에 냉한성은 담담히 대꾸했다.

"그렇습니다. 한 권도 빠짐없이 모두 읽었습니다."

"끙."

천하제일광은 갑자기 뭐 마려운 소리 같기도 한 괴상한 신음소리를 토해냈다.

그는 사실 냉한성의 말을 믿을 수가 없었다. 그러나 그 순간 그는 불현듯 자신을 소년에게 보낸 인물이 했던 말이 문득 떠올랐다.

"클클클, 이 도둑놈아! 그 아이의 자질은 최소한 네놈보다 열 배는 뛰어날 것이다."

'그…… 그래! 땡초놈은 분명 나에게 그런 말을 했다. 아아…… 나는 땡초놈의 말을 믿지 않았건만……'

천하제일광은 머릿속이 어지러울 지경이었다.

'그렇다면 이 책들도 분명 땡초놈이 갖다 준 것일 거야……. 그럼 도대체 이 아이의 내력이 무엇이길래…….'

끝없는 의문이 그의 머릿속을 계속 맴돌았다.

바로 그때 다소곳이 앉아 무언가 골똘한 생각에 잠겨 있던 냉한성이 문득 입을 열었다.

"할아버지, 할아버지께서는 왜 그토록 많은 사람들의 무공비급을 훔치셨습니까?"

"응?"

천하제일광은 그제야 언뜻 어지러운 상념에서 깨어났다.

"어, 그것은…… 나의 유일한 취미가 남의 물건을 훔치는 것이기 때문이지."

참으로 엉뚱한 대답이었다.

'취미? 도둑질을 취미로 하는 사람도 있었던가?'

그 말에 냉한성의 유난히도 검은 동공이 야릇한 광채를 발했다.

"그럼 한 가지만 더 묻겠습니다. 할아버지는 무공비급 외에 다른 사람의 재물(財物)도 훔치시나요?"

냉한성의 말에 천하제일광은 갑자기 버럭 소리를 질렀다.

"이놈아, 아무리 내가 무공비급을 탐한다 해도 백오십 평생에 남의 재물 따위는 관심도 가져 본 적 없다."

그의 호통이 어찌나 우렁찬지 모옥 전체가 들썩거렸다. 그럼에도 불구하고 냉한성은 당황하는 기색하나 없이 차분하게 말을 이었다.

"제가 궁금하게 여기는 점이 바로 그 점입니다. 할아버지께서 유독 남의 무공비급만 훔치셨다는 것은 필시 그만한 이유가 있기 때문이 아닙니까? 저는 그 이유를 묻고 있는 것입니다."

천하제일광은 일순 말문이 막혔다.

냉한성의 질문은 조리정연하고 예리했다. 그는 도저히 십여 세 남짓한 어린 소년과 마주해 있는 느낌이 아니었다.

천하제일광이 말이 없자 냉한성이 재차 입을 열었다.

"할아버지께서 대답하기 곤란하시다면 굳이 말씀하실 필요는 없습니다."

그러자 천하제일광의 눈이 가볍게 흔들렸다.

'요오 맹랑한 놈!'

원래 그는 냉한성의 질문에 대답하지 않을 생각이었다. 허나 냉한성이 먼저 선수를 치고 보니 그는 불현듯 말해주고 싶은 충동이 들었다. 냉한성의 격장지계(格腸知計)의 술수에 보기 좋게 넘어간 것이다.

천하제일광은 냉한성의 빛나는 눈을 잠시 응시하다가 천천히 허공으로 시선을 돌렸다.

"말해주지, 내가 왜 비급 도둑이 되어야 했는지……."

냉한성은 점차 공허하게 물들어 가는 천하제일광의 눈빛을 바라보았다.

'이분에게는 어떤 가슴 아픈 사연이 있는 것 같구나!'

천하제일광은 마른 입술을 달싹였다.

"아주 아득한 옛날이지. 나에게 어느 날 한 명의 여인이 나타났단다. 그 여인의 이름은 설벽군(雪碧君)……. 난 그녀를 처음 대하는 순간부터 사랑에 빠졌단다. 그녀를 위해서라면 목숨도 아깝지 않다고 여겼었지."

말을 이어가는 천하제일광의 눈빛이 심하게 흔들렸다.

"헌데 그토록 사랑했던 그녀가 어느 날 홀연히 내 곁을 떠나고 말았다. 아니, 죽일 놈의 유혹에 넘어가 노부를 배신한 것이지……. 난 그놈을 저주했다. 나의 모든 희망과 꿈을 앗아간 놈을……."

천하제일광의 눈자위에 파르르 경련이 일었다. 그놈을 생각하는 것만으로 분노의 감정을 숨길 수가 없었다.

"허나, 놈은 나보다 강했다. 놈을 꺾기 위해서는 놈보다 강한 무공을 익혀야 했다. 그래서 나는 그날부터 미친 듯이 남의 비급을 훔쳐 익히기 시작했다."

어느 누가 짐작이나 했겠는가? 이 위대한 무공광이 한 여인에 대한 실연의 아픔에서 탄생되었음을 말이다.

그때 냉한성이 불쑥 입을 열었다.

"그 후에 복수를 하셨나요?"

천하제일광은 쓸쓸히 웃으며 고개를 가로 저었다.

"난 십 년(十年) 간격을 두고 놈과 세 번의 대결을 가졌다."

천하제일광이 쓸쓸히 웃었다.

"난…… 세 번 모두 패했다."

냉한성의 눈가에 완연한 경악이 스쳤다.

'그럴 수가! 이 노인보다 더욱 강한 사람이 있단 말인가?'

아무리 무공에 무지(無知)한 냉한성이 보더라도 천하제일광의 무공은 진정 천하제일의 위치에 올려놔도 아무 하등이 없을 것 같았다. 그런 천하제일광보다 무공이 더 강하다면 그는 과연 어느 정도일까?

천하제일광은 허탈하게 말을 이었다.

"그러나 나는 그 후 모든 것이 부질없음을 깨달았다. 삼십

년 후 그녀는 죽고, 그녀를 빼앗아 간 놈마저 사라지고 말았
으니…….”

냉한성의 의혹에 가득 찬 검은 동공이 천하제일광을 직시
했다.

천하제일광의 손에는 어느새 술병이 쥐어져 있었다. 그는
거칠게 술병을 입에 쑤셔 넣었다.

단숨에 술병을 비운 그는 술병을 내려놓고 다시 말을 이었
다.

“헌데 놈은 정확히 팔 년 전 다시 무림에 나타났다. 그것도
사도대종사(邪道大宗師)! 사도대종사라는 거창한 신분을 등에
업고 나타난 것이다.”

“아……!”

냉한성은 자신도 모르게 나직한 신음성을 터뜨렸다.

사도대종사!

무림을 모르는 어린 냉한성이었지만 사도대종사라는 말만
들어도 그것이 얼마나 지고한 신분이라는 것을 짐작할 수 있
었다.

‘사도대종사 혈해마존(血海魔尊)!’

천하제일광과 더불어 중원사천(中原四天)의 한 자리를 차
지한 불세출의 마웅(魔雄)이다. 그가 바로 천하제일광의 연적
(戀敵)이라니, 과연 세상일은 모를 일이다.

냉한성이 다그치듯 질문을 던졌다.

"그 후 사도대종사와 대결을 하셨습니까?"

천하제일광은 무겁게 고개를 저었다.

"한 번도 대결하지 않았다."

"아니…… 왜?"

"……!"

천하제일광은 갑자기 입술을 씹었다. 그의 얼굴에는 형용키 어려운 고통의 기색이 떠올랐다.

이윽고 그는 길게 숨을 불어내며 입을 열었다.

"그와 나는 싸움을 해야 할 이유가 없어졌기 때문이다."

'거짓말!'

냉한성의 내심은 그렇게 외쳤다.

'이분은 지금 거짓말을 하고 있는 거야. 이토록 자존심이 강한 분이 그렇게 쉽게 복수를 단념하다니…… 여기에는 반드시 그만한 이유가 있을 것이다.'

냉한성의 냉철한 판단은 이미 그 또래의 소년이 가질 수 있는 한계를 넘어서고 있었다.

일순 천하제일광의 입 꼬리에 기묘한 비틀림이 있었다.

"네놈은 지금 나의 말이 거짓말이라고 말하고 싶은 게냐?"

그의 말에 냉한성은 흠칫 놀랐다. 그러나 그의 입에서는 전혀 다른 엉뚱한 말이 흘러나왔다.

"여인…… 그 여인은 왜 죽었습니까?"

"으음."

천하제일광은 자신도 모르게 신음했다. 그는 한동안 복잡한 감정이 뒤섞인 눈으로 냉한성을 바라보았다.

냉한성의 동공에 비친 그의 눈은 슬퍼 보였다.

이윽고 천하제일광이 무심한 어조로 천천히 입을 열었다.

"그녀의 죽음에 대해선 나 역시 아는 바가 없다."

그는 어색한 듯 한숨을 크게 쉬고 다시 말을 이었다.

"내가 너에게 들려줄 수 있는 말은 아무리 강한 사내라도 때로는 여자라는 큰 매혹 앞에 어이없이 무너질 때가 있다는 것이다."

'아! 이분은 아직도 여인을 못 잊으면서도 나에게 당부의 말씀을 하시는구나. 여인이란 그렇게 큰 가치가 있는 존재란 말인가?'

아직 여자를 모르는 냉한성에게 여자란 그저 그렇구나 하고 들릴 뿐이었다.

"그녀…… 그녀도 그랬지. 그녀의 매혹은 한 영혼도 모자라 두 사내의 영혼을 송두리째 삼켜 버렸지."

천하제일광의 입가에 쓸쓸한 미소가 어렸다.

냉한성은 일순간 그의 말이 자책인지 변명인지 구분할 수 없었다.

"흐흐…… 이 엄청난 매혹을 창조해 낸 조물주의 섭리 앞에 우리는 너무도 무력한 존재일 수밖에 없었다."

천하제일광의 두 눈이 점점 초점을 잃어가고 있었다.

일 각, 두 사람에게는 너무나 오랜 침묵의 시간이 흘렀다.

문득 천하제일광이 무심한 표정을 되찾으며 입을 열었다.

"이제 떠나야 할 시간이 됐다."

천하제일광은 말을 마침과 함께 품속에서 한 권의 책자를 꺼내 들었다.

"노부의 모든 정화(精華)를 이제 너에게 주마."

"왜…… 저에게?"

냉한성은 잠시 멈칫거렸다.

"명심해라! 이 한 권의 책이 나의 삶이요 전부인 것이다. 이 것을 절대 잊지 말아라!"

말을 하는 천하제일광의 두 눈에서 눈부시도록 강렬한 광 채가 쏟아져 나왔다.

냉한성은 의혹에 가득 찬 눈으로 그가 내민 책자를 바라보 았다.

'광천경(狂天經)!'

표지에 쓰인 세 글자, 냉한성은 무심히 그 세 글자를 되뇌 었다.

그러나 냉한성은 그 책자의 무한한 가치를 모르고 있었다.

냉한성의 첫 번째 기연(奇緣)!

그것은 냉한성을 고금제일의 절대영웅(絶代英雄)으로 탄생시키기 위한 첫걸음이 될 것이다.

천하제일광은 천천히 몸을 일으켰다.

"이후, 너에게는 두 명의 인물이 더 나타나게 될 것이다."

냉한성이 갑자기 자리에서 벌떡 일어나며 부르짖듯 외쳤다.

"누굽니까? 누가 또 내 앞에 나타난단 말입니까? 그리고 할아버지를 제게 보낸 땡초라는 분은 도대체 누굽니까?"

냉한성의 입에서는 지금껏 묻고 싶어도 묻지 못했던 의문들이 한꺼번에 잇달아 터져 나왔다. 그러나 천하제일광은 아무 대꾸도 없이 냉한성을 오랫동안 응시할 뿐이었다. 마치 그의 모습을 영원히 뇌리에 새겨 놓기라도 하는 듯 그렇게 바라보기만 했다.

문득 그는 다시 품속에서 하나의 붉은 빛이 감도는 환약(丸藥)을 꺼내 들었다.

"이 늙은이는 너에게 아무것도 말해 줄 수가 없다. 대신 이것을 너에게 주마. 이것은 천룡단(天龍丹)이라한다. 땡초놈과의 약속과는 무관한 것이지만 노부의 선물이니 유용하게 사용하거라."

또르르르.

천룡단은 냉한성의 발치로 정확히 굴러왔다.

바로 그때 천하제일광의 입에서 엄청난 광소가 터져 나왔다.

"크하하핫……! 네놈, 이제 네놈은 천하에서 가장 행복한 놈이 될 것이다! 크하하하……!"

스스스슷…….

그 광소와 함께 천하제일광의 신형은 어느새 안개처럼 흩어지고 있었다.

"아……!"

냉한성은 다급히 외쳤다.

"누굽니까? 도대체 그 땡초라는 사람이……?"

그러나 천하제일광의 모습은 어디에도 없었다.

냉한성은 창백한 얼굴로 그 자리에 굳어 있다가 갑자기 힘이 빠진 듯 털썩 주저앉았다. 허탈했다. 분명 자신은 얻은 것은 있었으나 알고자 하는 것은 하나도 알아내지 못했다.

외로움, 언제나 그에게 숙명처럼 찾아오는 외로움이었다.

냉한성에게 어느새 외로움이라는 느낌이 익숙해져 버렸다.

고금제일의 무공광 천하제일광 뇌강후와의 만남. 이 두 사람의 만남이 훗날 천하무림의 판도를 완전히 뒤바꿔놓게 될 줄 누가 짐작이나 했겠는가?

그렇게 운명의 밤이 깊어가고 있었다.

냉한성은 희미한 등불 아래 목상처럼 앉아있었다. 무엇을 하고 있는지 얼어붙은 듯 미동조차 없었다.

소년의 앞에는 한 권의 두툼한 책자가 놓여 있었다.

'광천경(狂天經)!'

천하제일광 뇌강후의 모든 것이 들어 있는 광천경을 냉한성은 무서운 속도로 읽어 내려가고 있었다.

정심공(精心功).

광천경에 첫머리에 기록된 심공구결이었다. 이것은 무학(武學)이 아니었다. 정심공을 구결에 따라 외우게 되면 자신도 모르는 사이에 머리가 맑아진다.

이것은 간단한 구결로써 인간의 잠재력과 오성(悟性)을 격발시켜 종래에는 무엇이든지 한 번 본 것은 절대 잊지 않게 만드는 불가사의한 구결이었다. 그러나 냉한성은 정심공의 구결을 읽지도 않고 책장을 다음 장으로 넘겨 버렸다.

"후후……! 나는 이 구결이 없어도 이미 한 번 본 것은 영원히 기억할 수 있는 능력이 있지."

냉한성은 분명히 그런 능력을 지니고 있었다. 비단 본 것뿐만이 아니라 귓전으로 스쳐들은 것까지도 절대로 잊지 않는 뛰어난 오성을 갖고 있었다. 이것은 천하제일광조차도 간파하지 못한 사실이었다.

다음 장에는 하나의 내공심법(內功心法)이 기술되어 있었다.

만류귀원대정공(萬流歸元大定功).

이것이야 말로 천하제일광 뇌강후의 필생 정화이자 그의 백삼십 년 고심(苦心)의 역작(力作)이었다.

실로 인간의 상상마저 불허하는 천추불멸의 내공심법.

무릇, 천하무학(天下武學)에는 그에 따르는 독특한 내공심법이 있게 마련이다. 그 무학이 절정의 것일수록 그에 따르는 내공심법 또한 오묘해진다.

그러나 이 만류귀원대정공은 그 모든 제약을 단숨에 뛰어넘는 경이적인 내공심법이었다. 이것을 익히게 되면 천하의 어떤 무학이라도 극성(極成)까지 끌어올릴 수 있음은 물론 정공(正功), 사공(邪功), 마공(魔功) 등 서로 상이(相異)한 성질을 가진 무공이라도 아무런 제약 없이 익히고 펼칠 수 있게 되는 것이다.

한 사람의 몸에서 서로 다른 성질의 무공들이 한꺼번에 우르르 쏟아져 나오는 광경을 생각해 보면 진정 놀라운 무공이 아닐 수 없었다. 만류귀원대정공은 무림사상 전무후무(前無後無)한 실로 그 가치를 헤아릴 수 없는 엄청난 불세신공(不世神功)이었다.

냉한성은 심각한 표정으로 고개를 갸웃거렸다.

"휴…… 이 구결은 참으로 난해하구나. 간신히 외우긴 다 외웠지만 과연 내게 무슨 도움이 된단 말인가?"

냉한성은 만류귀원대정공의 무한한 가치를 모르고 있었다.

무공의 무(武)자도 모르는 어린 소년으로서는 당연한 일이었다.

그러나 이것을 시작으로 분명 하나의 절대무존(絕代武尊)이 태동하고 있었으니 먼 훗날 냉한성은 이 하나의 심법으로 인해 천하제일의 군림존(君臨尊)으로 화려한 탄생을 하게 되는 것이다.

냉한성은 다음 장을 넘겼다.

현천기환보(玄天奇幻步)!

이것은 보법(步法)이었다.

이 보법이 갖고 있는 신묘함은 세인들의 상상마저 절(絕)하는 것이다.

현천기환보가 펼쳐지면 상대의 공격은 무조건 시전자의 명문혈(命門穴)로 집중된다. 동시에 상대의 공격은 시전자의 명문혈을 통해 고스란히 흡수되고 만다. 바로 상대방의 진기(眞氣)를 고스란히 빨아들여 자신의 진력에 보태게 되는 것이다.

시전자는 상대방이 더욱 고강한 내력을 지닐수록 더 많은 진기를 흡수해 끊임없이 공력이 증진되는 것이니 이 어찌 기가 막히고도 무서운 일이 아닌가?

실로 천하제일광 뇌강후가 아니고는 꿈도 못 꿀 절세의 보법이었다.

"햐! 이런 신기한 무공이 있다니……!"

냉한성은 처음으로 감탄성을 터뜨렸다. 무공을 모르는 그로서도 보법만큼은 그의 흥미를 끌었다.

"정말 이런 현상이 일어날 수 있을까?"

그는 스스로 반문하며 다음 장을 넘겼다.

그런데 그 순간 냉한성의 입이 크게 벌어졌다.

"이…… 이런 일이……!"

그는 무엇을 본 것인가?

— 이곳에는 마음만 먹는다면 능히 천 명(千名)이라도 일거에 격살시킬 수 있는 무공이 담겨져 있다. 단, 이것을 완벽히 시전하기 위해서는 오 갑자(五甲子)의 공력이 필요하다.—

냉한성의 입이 벌어진 것도 무리가 아니다.

천 명이라도 일거에 격살시킬 수 있는 무공. 게다가, 오 갑자의 공력이라니 얼마나 꿈같은 얘긴가?

수천 년 무림사를 통틀어 겨우 몇 명의 초극고수만이 도달했던 경지다.

나이 어린 일개 소년으로서는 도무지 상상마저도 되지 않는 엄청난 무학의 장(章)이 펼쳐진 순간이었다.

냉한성은 떨리는 손으로 조용히 책장을 넘겼다.

—천하에서 가장 뛰어난 백팔검류(百八劍流)의 정화(精華)만을 취해 이 검공(劍功)을 창안했다. 노부는 단언하건대, 검

으로 전개하는 무공 중 이보다 강한 검공은 전에도, 또한 후에도 없을 것이다.

광오한 서언(序言)이 동공 가득 파고들었다.

냉한성의 입가에 의미를 알 수 없는 한 가닥 신비한 미소가 피어올랐다.

광천수라백팔류(狂天修羅百八流)!

단 일 초(一招)의 검공구결이 춤추는 듯한 초서체로 적혀 있었다.

―무에는 정사(正邪)가 따로 없다. 무릇 모든 무학의 근원(根源)은 마음이니 아(我), 즉 자신을 다스리는 자 진정한 무도를 깨우칠 것이다.

심중유검(心中有劍), 심정검정(心靜劍靜)의 경지를 훨씬 뛰어넘어 무극심강(無極心强)으로 펼치는 단 일 초의 검식.

놀랍게도 그곳에는 정(靜), 섬(閃), 류(流), 살(殺)의 검도극상경지가 총망라 되어 있었으며, 종래에는 천(天), 지(地), 인(人), 검(劍), 심(心)의 오체합일(五體合一) 하에 펼치는 가공무비 할 검식이 상세하게 서술되어 있었다. 그야말로 천하검류(天下劍流)가 모두 이 일 초의 검식에 담겨져 있는 것이다.

냉한성의 얼굴은 자신도 모르는 사이에 굳어져 있었다.

광천수라백팔류!

그 심오(深奧)한 기학을 단번에 이해한다는 것은 그의 뛰어난 오성으로도 불가능한 일이었다. 그러나 그는 차선책(次善策)으로 일단 암기했다.

광천수라백팔류! 이 고금제일의 절세검공이 냉한성의 손에서 펼쳐질 날이 멀지 않았다.

02

─패후벽천장(霸吼霹天掌)!

이것은 광천경의 맨 마지막을 장식한 단 이 초(二招)로 이루어진 천하제일의 개천장공(開天掌功)이었다.

제 일초 섬라광(閃羅光).

제 이초 벽천후(霹天吼).

회자결(廻字訣)과 인자결(引字訣)을 병행함은 물론, 시전자의 의도에 따라 음강장력(陰剛掌力)과 양강장력(陽剛掌力)을 한꺼번에 격출 할 수 있는 전인미답의 불세장공(不世掌功)이 바로 패후벽천장이었다.

음강장력이 격출 되면 방원 백 장(百丈) 이내는 모조리 얼음구덩이로 변한다. 또한 양강장력이 스친 곳은 그대로 초열지옥(焦熱地獄)으로 화해 모든 것은 흔적도 없이 사라진다.

더구나, 상대의 공격을 엉뚱한 방향으로 빗나가게 하거나 끌어들여 칠 수 있는 오묘무쌍함이 함께 게재되어 있었다.

패천벽천장!

이것이야 말로 고금을 통틀어 그 유래를 찾아 볼 수 없는 천추불멸의 개세신공인 것이다.

냉한성은 몽롱한 눈으로 허공을 바라보았다.

"허…… 내가 무공을 익히게 되다니."

꿈꾸듯 중얼거리는 냉한성의 눈에는 미처 접해보지 못한 세계에 대한 신비와 경이로움이 가득 담겨 있었다.

그는 자신의 손에 아직도 쥐어져 있는 천령단을 바라보았다.

—노부의 선물이다. 네놈은 이제 세상에서 가장 행복한 놈이 될 것이다. 크하하핫!

천령단을 내려다보고 있는 냉한성의 귓전에 천하제일광의 마지막 말이 불현듯 스쳤다.

냉한성은 한동안이나 천령단을 바라보며 망설이다가 이윽고 천천히 입으로 가져갔다.

"적어도 그 할아버지는 나에게 해를 줄 인물은 아니다."

냉한성은 단숨에 천령단을 삼켜버렸다. 아무런 맛도 냄새도 없었다. 찰나지간 그저 목구멍을 넘어가는 차가운 감촉만 느꼈을 뿐이다.

"싱겁군. 선물치고는……."

냉한성은 그렇게 중얼 거렸다.

헌데 바로 그 순간 냉한성의 얼굴이 갑자기 일그러졌다.

"욱!"

냉한성은 복부가 찢어져 나가는 듯한 고통에 허리를 구부리며 나뒹굴었다.

갑자기 단전(丹田)이 가볍게 진동하더니 한 가닥 열류(熱流)가 치솟으며 단번에 전신을 휘감은 것이었다.

"우우웃……! 배…… 배가……?"

그것은 실로 감당하기 어려운 고통이었다. 더구나 그 열류는 순식간에 하나의 거대한 잠력(簪力)으로 화해 그의 온몸 구석구석까지 치달리기 시작했다.

펑! 펑!

그의 몸속에서는 마치 폭죽이 터지는 듯 전신이 심하게 흔들렸다.

냉한성은 극심한 고통에 하마터면 기절할 뻔 했다가 가까스로 이를 악물고 정신을 차렸다. 그의 얼굴은 어느새 잘 익은 홍시처럼 붉게 달아올랐다.

냉한성은 놀랍고 다급한 중에도 자신의 몸에서 일어난 기변의 원인을 맹렬히 쫓기 시작했다. 어느 순간 그는 극심한 고통 속에서도 불현듯 한 가지 생각을 떠올릴 수 있었다.

만류귀원대정공!

그가 알고 있는 단 하나의 내공심법인 만류귀원대정공.

그것은 실로 우연이었다. 그러나 그 우연은 곧 놀라운 기적을 일으켰다.

냉한성이 만류귀원대정공을 구결에 따라 외워나가자 그의 체내에서 광분하던 잠력이 그의 전신 경맥 안으로 눈 녹듯 스며드는 것이 아닌가?

'되…… 된다.'

냉한성은 회심의 쾌재를 부르며 더욱 빨리 구결을 외워 나갔다. 그럼에 따라 흩어졌던 진기는 차츰 그의 몸 한 곳으로 집중되기 시작했다. 바로 배꼽 아래 단전(丹田)으로 흩어졌던 진기가 모이는 것이었다.

냉한성은 뭐가 어떻게 되는지 확실히 알지 못했으나 지금 여기서 중단했다가는 걷잡을 수 없는 일이 벌어지리라는 것을 짐작으로 알고 있었다. 아니 단순히 조금 전과 같은 고통을 당할까봐 겁이 난 것이었다.

하지만 상황은 전처럼 그렇게 순조롭지 않았다.

그의 단전에 모인 진기가 그가 심법을 운행하면 할수록 점점 거세고 강맹해지고 있는 것이다. 게다가 그에 비례해서 전신에서 알 수 없는 잠력이 눈사람 불어나듯 커지고 있었다,

냉한성이 그것을 생각하고 놀라서 진기를 흩어 보내려고 했을 때에는 이미 체내의 진기는 마치 폭풍우를 만난 노도와 같이 광분하고 있었다. 만약 그가 지금 무리하게 진기의 운행

을 멈추려고 했다가는 오히려 주화입마(走火入魔)가 되는 것이다.

냉한성의 몸에 절로 진땀이 배어나왔다.

'잡념을 가지면 큰일이 나겠구나. 최대한 마음을 진정 시키자.'

냉한성은 만류귀원종을 처음부터 다시 운행하여 광분하는 진기를 다스리기 시작했다.

과연 천하제일광이 남긴 심법의 위력은 신묘하여 그의 체내에 광분하던 진기는 순조롭게 그의 경맥 안으로 재 유입되었다. 그런데 흩어져 있던 진기가 한데 모이게 되자 그 기세는 좀 전에 비할 바가 아니었다.

냉한성의 경맥 전체가 진동하더니 그 거센 진기는 임독이맥(任督二脈)으로 유입되기 시작했다. 진기는 두 가닥으로 나뉘어 승장(承漿)과 회음(會陰)으로 치달렸다.

꽝!

냉한성의 몸 안에서 재차 강력한 폭발이 일어났다.

거세무비한 두 가닥의 장력이 그대로 임독양맥을 뚫고 쏟아져 들어갔다.

냉한성의 몸 안에 있던 진기는 마치 급류(急流)가 좁은 계곡을 지나 넓은 평원으로 나온 듯 도도하게 흘러가기 시작했다.

"우욱!"

냉한성은 극심한 고통에 신음을 흘렸다. 그러나 잠시 후 고통은 사라지고 전신이 날아갈 듯한 편안함을 느꼈다. 동시에 그의 몸에서는 담담한 금빛이 떠오르기 시작했다.

기가 막힌 광경이었다.

무공의 무자도 모르는 일개 거지 소년의 몸에서 호신강기가, 그것도 단 한 번의 연공으로 임독이맥이 타동되고 호신강기가 뻗어 나오다니 어찌 천고에 드문 광경이 아닌가?

그러나 이것은 결코 우연이라 볼 수 없었다.

천추불멸의 내공십법 만류귀원대정공!

그리고 천하제일광이 남기고 간 붉은 단약 천령단.

이 두 가지가 조화되어 무한한 공능(功能)이 일각을 드러낸 것이다. 이로써 냉한성의 몸에는 근 일 갑자(一甲子)에 이르는 공력이 생성되었다. 또한 무림인이라면 누구나 꿈에도 그리는 임독양맥이 타동 되었으니 실로 그가 만난 복연(福緣)은 천하에 둘도 없는 광세복연이 아닐 수 없었다.

냉한성의 몸에서는 금빛이 아롱져 그의 주위를 감돌았다. 이윽고 머리 위에 마치 후광(後光)이 생긴 듯한 금빛 무리가 생겨나더니 천천히 그 주위를 맴돌았다.

잠시 후, 냉한성이 가볍게 숨을 몰아쉬자 금빛 무리는 마치 무엇에 빨려드는 것처럼 그의 체내로 스며들었다.

다음 순간, 냉한성이 눈을 뜨자 그의 눈에서는 한 가닥 상화(祥和)로운 금빛 광채가 일렁였다.

냉한성은 '푹'하고 주저앉았다. 긴장이 풀린 것이다.

"휴우, 하마터면 죽을 뻔했네……."

냉한성은 한숨을 내쉬며 투덜거렸다. 그러나 막연하나마 자신의 몸에 큰 변화가 있었음을 감지했다.

냉한성은 서서히 자리에서 일어났다. 전신이 날아갈 듯 가볍고 머리도 한층 맑아진 것을 느낄 수 있었다.

냉한성은 고개를 갸웃 거렸다.

"무공이란 참으로 신기한 것이로군."

그는 자신이 무려 일 갑자의 공력을 지닌 고수(高手)가 되었음을 모르고 있었다.

냉한성은 무엇에 홀린 듯한 표정으로 무언가 곰곰이 생각하다가 밖으로 걸음을 옮겼다.

"아무튼 죽지 않았으니 다행이다."

냉한성은 그저 그렇게 말했을 뿐이다. 그러나 이후 냉한성이 익힌 이 무공이 어떠한 것이라는 걸 스스로 알게 된다면 자신의 그 한마디가 얼마나 우스운 말이었는지 깨닫게 될 것이다.

제3장

너를 위해서라면!

01

강소성(江蘇省) 하락현(河樂縣).

험난한 촉지(觸地) 천주산 구릉에 자리 잡은 조그만 마을이다.

어둠을 박차고 불끈 솟아오른 태양이 이곳 하락현 마을에 유난히 따사로운 빛을 뿌렸다.

일출구(日出丘).

하락현 뒤쪽에 위치한 조그마한 언덕이다. 사람들은 그 언덕으로부터 해가 솟는다하여 일출구라 불렀다.

삘릴리…… 삘리……

한 가닥 감미롭게 들려오는 풀피리 소리가 일출구 아래로

부터 들려왔다. 그리고 일출구 위로 한 소년이 등장한 것은
잠시 후였다.

냉한성이었다.

그는 커다란 소의 등에 올라탄 채 풀잎을 입술에 대고 풀피
리를 불고 있었다. 매일 이 시간쯤이면 냉한성은 소에게 싱싱
한 풀을 뜯어 먹이기 위해 일출구에 오른다. 바로 지금이 매
일 진행되는 일과의 시작이었다. 소에게 풀을 먹이는 일은 반
복되는 그의 하루 일과 중 첫 번째 일과였다.

천하에 의지할 곳이라고는 단 한 군데도 없는 사고무친(四
顧無親)의 몸이었다. 굶지 않기 위해서는 닥치는 대로 일을
하지 않을 수 없었다.

가만히 생각하면 참으로 비참한 생활이었으나 긍정적인 사
고방식을 가지고 있는 냉한성으로서는 자신의 어려운 생활을
즐거운 마음으로 받아들였다.

아무리 슬프고 어렵다 할지라도 스스로 일을 하지 않으면
안 된다는 것을 이미 오래전에 깨달았기 때문이었다.

"워~ 워"

이윽고 냉한성은 부드러운 풀이 깔려있는 지점에서 소를
멈춰 세웠다. 소는 이미 냉한성에 의해 잘 길들여진 듯 낮은
울음소리를 내며 멈춰 섰다.

"자, 이곳의 풀은 연해 보이는구나. 이놈아, 많이 먹고 무럭

무럭 자라야지.”

　냉한성은 소의 머리를 쓰다듬으며 말했다.

　소는 냉한성의 말을 알아듣기라도 하는 듯 머리를 끄덕이며 풀을 뜯었다.

　소가 풀을 뜯는 모습을 잠시 바라보던 냉한성은 아주 만족스러운 미소를 지으며 양지바른 곳에 털썩 주저앉았다.

　언덕에서 바라보이는 주위의 풍경은 정녕 아름다웠다.

　아무 할 일 없이 마음만 편하다면 바로 이곳이 무릉도원(武陵桃源)이 아닌가 생각될 정도였다.

　언덕 아래로 가늘게 계곡을 따라 굽이치는 물줄기는 흡사 몸통을 구부리며 기어가는 뱀의 허리를 연상케 했다. 더욱이 계곡마다 뿌연 운무(雲霧)가 흐르고 있어 보는 것만으로도 선계(仙界)에 오른 듯한 착각을 느끼게 해주었다.

　매일 매일 대하는 주위 경관이었지만 볼 때마다 그 느낌은 틀렸다.

　냉한성은 주위 경관에 취한 듯 바라보다가는 조용히 풀피리를 불었다.

　삘리리~ 삐리리리~ 삘리리리~.

　풀피리 소리는 정취를 물씬 풍기며 햇살이 따사롭게 퍼지는 언덕에 울려 퍼졌다. 바로 이때 언덕으로부터 누군가를 부르는 함성 소리가 들렸다.

“한성아~ 한성아!”

한 소녀가 냉한성의 이름을 크게 부르며 뛰어오고 있었다.

따사로운 봄날의 햇살을 받으며 고아한 아름다운 자태를 한껏 뽐내고 나풀나풀 날아다니는 나비를 본 적이 있는가? 눈부신 백의자락을 나풀거리며 달려오고 있는 소녀의 모습은 영락없이 한 마리의 나비였다.

“하…… 하령!”

소녀의 모습을 발견한 냉한성이 나직한 목소리로 소녀를 불렀다.

냉한성은 소녀를 보고는 부끄러운 듯 얼굴을 붉혔다. 그것은 실로 냉한성의 전혀 새로운 모습이었다.

늘 무심한 눈빛에 무표정한 소년이 이런 모습을 보일 때도 있을까 하는 의문이 들 정도로 뜻밖의 모습이었다.

이윽고 소녀는 가쁜 숨을 몰아쉬며 냉한성에게로 다가왔다.

“여기 있을 줄 알았어. 보고 싶었어……!”

“하령…… 나도…….”

냉한성은 너무도 큰 기쁨에 말조차 제대로 잇지 못하는 것 같았다.

소녀의 용모는 참으로 눈이 부셨다.

우유빛 막을 한 겹 두른 듯 온통 뽀얀 피부에 샛별처럼 반짝이는 눈, 깎아 붙인 듯한 오똑한 콧날, 연분홍빛 앵두 같은 입술, 그리고 살짝 웃는 입술 사이로 은은히 내비치는 상아같이 새하얀 치아…….

이 모든 것 보다 더 매혹적인 것은 소녀의 몸매가 청순하고 어려보이는 얼굴과는 달리 성숙한 처녀의 분위기를 은은히 풍기고 있는 것이다.

진하령(珍河鈴), 이것이 바로 소녀의 이름이었다.

이곳 하락현 마을에서 냉한성의 유일한 벗이 그녀였다.

하락현 마을 아이들 거의 모두가 천애고아인 냉한성을 따돌리고 업신여겨도 소녀만은 그렇지 않았다. 언제나 상냥한 미소와 따뜻한 말로 냉한성을 두둔하고 격려해 주는 소녀, 아마 그녀마저 없었다면 냉한성은 벌써 하락현을 떠났을 것이다.

그들은 다정스럽게 서로 손을 마주 잡았다.

작고 귀여운 진하령의 손에서 전해지는 따뜻한 온기가 냉한성의 얼어붙은 마음까지 훈훈히 녹여 주었다.

이윽고 그들은 나란히 언덕 위에 자리 잡았다.

살며시 냉한성의 어깨에 머리를 기댄 진하령은 앞만 볼뿐 아무 말이 없었다.

냉한성도 묵묵히 앞을 바라보고 있을 뿐이었다.

고요한 정적이 흘렀다.

평화로움의 순간이 봄날의 환상처럼 두 소년, 소녀의 가슴을 곱게 물들이며 흘러갔다.

하늘에도 구름 한 점 없었다. 끝없이 맑고 푸른 창천이 환한 햇살과 함께 그들의 눈 속에 가득 담겼다.

문득, 진하령은 꿈꾸는 듯한 목소리로 물었다.

"한성아……, 나 한 가지 물어봐도 돼?"

"응, 무엇이든지."

냉한성은 담담히 대답했다.

"한성이는 이 다음에 커서 무엇이 될 거야?"

냉한성은 진하령의 물음에 잠시 멍하니 있더니 이내 곧 방긋이 웃으며 말했다.

"하령이 신랑!"

"어머!"

진하령은 깜짝 놀라며 냉한성의 어깨에 기대고 있던 머리를 발딱 쳐들었다. 그녀의 얼굴은 금방 홍시처럼 붉어졌다.

진하령은 싫지 않은 눈으로 냉한성을 째려보며 말했다.

"한성아! 너……."

"하하하……."

냉한성은 맑은 웃음을 터뜨리며 몸을 굴려 풀밭 위에 벌렁 누웠다. 그리고 하늘을 향해 크게 외쳤다.

"나, 냉한성은 진하령의 신랑이 될 거다. 하하하!"

진하령은 새빨간 얼굴로 냉한성을 노려보았다. 그러나 소녀의 어린 마음에도 소년의 짓궂은 말이 얼마나 좋은 것인지를 너무도 잘 알고 있었다. 그를 바라보는 진하령의 눈이 한순간 어떤 희열로 반짝 빛났다.

'한성아, 나도 커서 너의 색시가 되는 게 꿈이야.'

냉한성이 무엇을 발견했는지 갑자기 벌떡 몸을 일으켰다. 그가 발견한 것은 한 암석 사이에 끼어 있는 이름 모를 한 송이의 꽃이었다.

냉한성은 곧 명랑하게 말했다.

"하령, 내가 저 꽃을 따다 줄께!"

"안 돼! 한성아……!"

그러나 진하령의 말이 떨어지기 전에 이미 냉한성은 암석을 타고 올라갔다.

"한성아! 위험해, 난 됐으니까 빨리 내려와!"

진하령은 높이 오 장(五丈)쯤의 암석을 오르고 있는 냉한성의 모습이 위태로워 보여 안절부절 했다.

냉한성은 진하령의 말을 무시한 채 땀을 뻘뻘 흘리며 아슬아슬하게 암석을 붙잡고 올라갔다.

'내가 다시 내려간다면 사내대장부가 아니지.'

이윽고 꽃이 손에 잡히자 힘겹게 꺾었다.

냉한성은 기쁨에 찬 표정으로 꽃을 잘 쥔 뒤 암석으로부터 내려왔다.

"자! 하령, 이 꽃은 너에게 잘 어울려. 너처럼 아름다우니……."

냉한성은 순백색의 야생화를 하령의 머리에 꽂아 주었다.

"한성아……."

하령은 감격하여 어쩔 줄을 몰라 했다.

그녀는 커다란 눈동자에 기쁨과 무한한 애정을 담은 채 냉한성의 초롱초롱한 눈을 응시했다.

"고마워…… 한성아, 정말……!"

"아니야……, 이 정도로 뭘……."

냉한성은 조용히 고개를 저었다.

그리고 진하령의 커다란 눈망울을 오랫동안 말없이 바라보다가 또박또박 말했다.

"하령! 언제든 원하는 것이 있으면 말해! 내가 반드시 이뤄 주마!"

냉한성의 결의에 찬 음성을 들은 진하령의 입이 조금씩 벌어졌다.

"아…… 아…… 한성!"

이어 두 사람은 서로를 깊숙이 포옹했다.

냉한성의 코끝으로 하령의 감미로운 체향이 스며들었다. 그리고 하령의 몸은 작지만 따스했다.

‘하령……, 누가 뭐래도 너를 내 색시로 만들고 말테다. 반드시!’

냉한성의 손에 조금씩 더 힘이 들어갔다.

그런데 바로 그때였다.

“후후…… 과연 정다운 한 쌍이로군. 아주 부러워…….”

차가운 비웃음이 냉한성의 등 뒤에서 터져 나왔다.

“어머!”

냉한성과 진하령이 깜짝 놀라 뒤를 바라보았다.

“석…… 천영…….”

두 사람의 입에서 거의 동시에 한 이름이 튀어 나왔다.

“후후…… 왜? 나는 이곳에 오면 안 되나?”

잔인한 미소를 머금고 두 사람을 쏘아보듯 노려보며 한 소년이 말했다.

그 소년은 일신에 호사스러운 화의(華衣)를 걸쳤고 얼굴에는 번지르르한 기름기가 흘렀다. 한눈에 부유한 집안의 자식임을 알아볼 수 있을 만큼 부티가 흐르는 소년이었다.

그러나 지금 화의 소년의 두 눈은 질투와 분노로 당장이라도 튀어 나올 듯 무서운 광채를 발산하고 있었다. 더구나 화의 소년의 뒤에는 거의 청년을 방불케 하는 커다란 체구의 소년 세 명이 능글맞게 웃고 있었다.

석천영은 이곳 하락현 마을에서 제일가는 갑부(甲富)의 아들이자 같은 또래 소년들의 우상이었다.

그는 갑부 아버지를 둔 덕택에 글 선생은 물론, 집에 무공(武功) 선생까지 두고 어려서부터 무공을 익혔다. 골격 또한 타고난 강골(强骨)이라 그는 문무(文武)에 걸쳐 명실공이 하락현 최고의 기재로 불리고 있었다.

하락현 소년들은 은연중 그에 의해 행동이 주도되어 왔으며 심지어는 석천영의 비위를 맞추고자 애를 쓰는 소년들도 부지기수였다.

허나, 무엇보다도 중요한 것은 그가 냉한성을 누구보다도 싫어한다는 점이었다. 그가 싫어하는 것은 그를 추종하는 소년들도 싫어해야만 했다. 그래서 냉한성은 이미 석천영으로 인해 몇 번이나 죽을 고비를 넘겨온 터였다.

그런 석천영이 뜻밖에도 이곳에 나타난 것이다.

냉한성은 무표정한 얼굴로 점차 다가서는 석천영을 바라보았다.

냉한성의 옆에 서 있던 진하령의 얼굴은 이미 절망과 공포로 인해 하얗게 질려 있었다. 그녀는 오늘의 사태가 어떻게 진전되리라는 것을 이미 피부로 느끼고 있는 것이다.

석천영이 냉한성을 차갑게 노려보며 입을 열었다.

"후후……. 주제 파악도 못하는 거지새끼 주제에 제일 예쁜 하령이와 어울리다니……."

석천영의 말이 떨어지자 그를 따라온 나머지 소년들도 얼굴 가득 경멸의 빛을 담으며 한 마디씩 거들고 나섰다.

"부럽네. 하령이하고 친하게 지낼 수만 있다면 나도 거지새끼가 될 것을 말이야."

"흐흐…… 하령이의 신랑이 되겠다고? 거지 중에서도 상거지새끼가 꿈도 야무지구나!"

소년들은 제각기 야유를 퍼부은 뒤 한바탕 웃음을 터뜨렸다. 그러나 소년들의 야유를 들은 냉한성은 아무 반응도 없이 무표정한 얼굴로 그들을 쏘아보고 있을 뿐이다.

하얗게 질려있던 진하령이 냉한성의 앞을 가로막듯 나서며 앙칼지게 소리쳤다.

"너희…… 너희들은 도대체 왜 한성이를 죽이지 못해 안달인 거야! 왜……?"

진하령의 외침은 거의 울음에 가까웠다. 그럼에도 불구하고 석천영을 위시한 소년들은 짙은 조소를 머금을 뿐이었다.

"흐흐흐, 역시 거지새끼가 부러워. 저렇게 예쁜 하령이가 언제나 편을 들어주니 말이야."

석천영의 뒤에 서 있던 덩치 큰 한 소년이 야유했다.

냉한성은 그들의 그런 모습이 익숙한 듯 여전히 아무런 대꾸가 없었다.

석천영은 냉한성의 앞을 가로막고 선 하령의 앞으로 천천히 다가들었다.

진하령은 겁먹은 얼굴로 자신도 모르게 한 걸음 물러섰다. 석천영의 무서운 눈빛이 그녀의 폐부를 찢을 것만 같았기 때문이다.

질투와 증오로 이글거리고 있는 석천영의 눈빛은 무엇이라도 파괴해 버릴 정도로 강렬했다. 이윽고 진하령의 지척에서 걸음을 멈춘 석천영은 오랫동안 진하령을 말없이 쏘아보더니 내뱉듯 입을 열었다.

"너는 앞으로는 저 거지새끼를 만나지 않겠다고 약속했었지?"

그의 음성은 어린 소년의 음성이라고 하기에는 너무도 엄숙하고 차분하게 가라앉아 있었다.

진하령은 그의 강렬한 눈빛을 피한 채 말없이 고개를 숙였다. 그 순간 석천영의 입가에 잔인한 웃음이 감돌았다.

"그런데 너는 약속을 지키지 않았어."

진하령은 내심 생각했다.

'나와 한성에게 힘이 있다면…… 저 녀석을 이길 수 있을 만큼이라도 나와 한성에게 힘이 있다면…….'

진하령의 생각은 석천영의 냉랭한 음성에 끊겼다.

"나는 장차 내 부인이 될 여자가 다른 녀석과 만나는 것을 용납지 못한다."

순간 숙이고 있던 진하령의 고개가 발딱 솟구쳤다.

"무슨 소리야. 누가 너의 부인이란 말이야! 누구 맘대로 내가 너의 부인이 된다는 거야?"

진하령은 석천영에게 악을 쓰며 대들었다. 그러나 석천영은 진하령의 말을 무시하듯 싸늘한 비웃음을 머금은 채 말했다.

"그것은 이미 확정 지어진 일이야. 너와 내 아버님, 두 분께서 이미 결정하신 일이니까. 다만 너 혼자만 아직 모르고 있을 뿐, 이제 알게 됐으니 싫든 좋든 넌 내 색시가 되는 것을 운명으로 여겨야한다."

"뭐라고!?"

진하령은 더할 수 없는 충격에 쓰러질 듯 휘청거렸다.

'아버지와 이미 약조가 되어있다니 이게 무슨 청천벽력과 같은 소리인가!'

진하령은 경악과 회의에 가득 찬 눈으로 오랫동안 석천영을 쏘아보았다. 그리고는 앙칼지게 쏘아붙였다.

"석천영 잘 들어 둬! 나는 죽어도 너에게는 시집가지 않을 거야. 나는……."

"닥쳐!"

석천영이 고함과 함께 오른손으로 진하령의 뺨을 내려쳤다.

찰싹!

"아악!"

뾰족한 비명과 함께 진하령은 맥없이 쓰러졌다.

어린 소녀가 감당하기엔 너무도 강한 충격이 온몸을 엄습한 것이다.

"하령!"

냉한성의 입에서 상처받은 짐승의 울부짖음 같은 짤막한 외침이 터졌다.

시종일관 무표정하던 그의 얼굴에 처음으로 변화가 있었다. 그의 시선은 쓰러져 있는 진하령으로부터 천천히 석천영에게로 옮겨졌다.

눈빛!

석천영을 바라보는 냉한성의 눈빛은 어린 소년이 발산할 수 있는 성질의 것이 아니었다.

그것은 이루 형용할 수 없는 증오와 한의 불길로 무섭게 타오르고 있는 지옥(地獄)의 화염과도 같은 강렬한 광채였다.

석천영은 그 눈빛을 대한 순간 자신도 모르게 흠칫 몸을 떨었다. 비단 그뿐 아니라 세 명의 소년들도 동시에 가슴 서늘한 공포를 맛보았다.

석천영은 전에도 냉한성의 그런 눈빛을 보았었다. 허나 지금처럼 분노와 증오로 타오르는 그런 눈빛은 결코 아니었다.

어쩌면 석천영은 냉한성의 그런 눈빛이 싫어 그를 그렇게 미워 했는지도 모른다.

'저…… 저 눈…….'

그것은 그들이 감당할 수 있는 눈빛이 아니었다.

이윽고 냉한성의 입이 열렸다.

"석천영! 네가 감히 나의 하령을 때리다니…….."

그 말에 석천영의 눈매가 파르르 경련을 일으켰다.

"나의 하령……? 이 거지새끼! 오늘은 아주 죽여 버리고 말겠다."

"이 자식! 나도 너를 죽여 버리겠다!"

냉한성이 괴상한 신음을 발하며 석천영을 덮쳐든 것은 그 순간이었다.

퍽!

"우악!"

둔탁한 파열음과 함께 참혹한 비명이 터졌다. 그러나 가슴을 움켜쥐고 나뒹군 것은 석천영이 아니라 냉한성 자신이었다.

석천영은 냉한성이 무지막지하게 덮쳐오자 멋지게 허리를 틀며 냉한성의 가슴을 그대로 우악스럽게 걷어찬 것이다.

그의 솜씨는 강호의 일류고수에 못지않은 정확하고도 신속한 것이었다. 그러나 다음 순간 아무도 예기치 못했던 상황이 벌어졌다.

냉한성이 튕겨져 나갔던 속도보다 더욱 빠르게 재차 석천영을 덮쳐든 것이다.

"헉!"

석천영은 대경실색하며 급급히 쌍장을 후려쳤다.

펑!

"커억!"

폭음과 비명이 동시에 터졌다.

냉한성은 피화살을 뿌리며 나뒹굴었다. 그러나 그 순간 석천영의 두 눈은 경악으로 인해 찢어질 듯 부릅떠졌다.

'이럴 수가…… 좀 전에 저놈이 덮쳐들던 속도는 무공을 지닌 자가 아니고서는 펼치기 불가능한 것이었다. 더구나 내 발길질은 호랑이라도 능히 죽일 수 있는 힘이 실려 있건만…….'

냉한성을 무수히 때려 본 경험이 있는 석천영은 이 순간 뭔가 석연치 않은 기분을 느낀 것이다. 확실히 전과는 다른 무언가가 냉한성에게서 풍겨져 오는 것이다.

"한성아!"

진하령이 쓰러져 있는 냉한성에게로 달려들며 황급히 그를 부축했다.

"아……!"

냉한성을 부축해 서자 그의 입에 남아 있던 검붉은 선혈이 흘러나왔다. 그의 참혹한 모습에 진하령은 부르르 몸을 떨었다.

그런 진하령의 모습을 본 석천영의 눈가에 재차 강렬한 질투의 불꽃이 피어올랐다.

"하령……! 네가 끝까지…….."

한동안 고통에 몸부림치던 냉한성은 진하령을 밀치며 벌떡 일어났다.

"하령, 비켜!"

냉한성은 입가에 흐르는 피를 손등으로 쓰윽 문질렀다.

"오늘만은……, 오늘만은 참을 수 없다."

"안 돼!"

진하령은 자신을 밀치는 냉한성의 팔을 잡고 늘어졌다.

"안 돼, 한성아! 너는 천영을 이길 수 없어. 냉정히 생각해 봐. 싸우면 맞을 수밖에 없잖아."

냉한성은 고개를 저었다.

"설사 내가 맞아 죽는 한이 있어도 너를 때린 놈을 용서할 순 없어."

진하령은 결사적으로 냉한성을 말렸다.

"안 돼…… 안 돼! 싸우지 마. 제발, 나는 네가 맞는 것을 볼 수가 없단 말이야. 흐흐흐흑…… 제발……."

진하령은 마침내 커다란 울음을 터뜨리고 말았다.

‘네가 죽는다면 나 또한 살 가치가 없는 거야. 한성아, 넌 내 마음을 잘 알잖니.’

진하령은 이렇게 말하고 싶은데 눈물 때문에 차마 말하지 못했다.

이 광경을 지켜보고 있는 석천영의 얼굴은 온통 미칠 듯한 분노와 질투로 시뻘겋게 달아오르고 있었다.

그때 자신의 팔을 붙잡고 울고 있는 진하령을 고통어린 시선으로 바라보던 냉한성이 힘없이 두 손을 내렸다.

“그래……, 울지 마라 하령! 네가 원하는 것이라면 나는…….”

“후후……. 정말 눈꼴 시려서 도저히 못 봐주겠군!”

석천영의 경멸에 찬 비웃음이 터져 나왔다.

지금 이 순간 석천영의 눈에는 냉한성은 한 마리의 쥐새끼로밖에 보이지 않았다. 그런 쥐새끼가 고양이 앞에서 참는다느니, 널 위해서라니 하는 말은 비아냥거리는 소리로밖에 들리지 않았다.

석천영의 말에 냉한성의 팔이 움찔 올라갔다. 그러나 그보다 빨리 진하령의 애원에 찬 눈길은 석천영을 향했다.

“천영아! 다…… 다시는 한성이를 만나지 않을게. 그러니까 한성이를…….”

“때리지 말라 이 말이지.”

석천영이 말을 가로채며 싸늘히 내뱉었다.

"그…… 그래……."

진하령이 힘없이 고개를 끄덕였다.

"하령!"

냉한성이 진하령의 말에 깜짝 놀라며 그녀를 불렀지만 진하령은 냉한성을 쳐다보지도 않았다.

석천영은 진하령의 행동이 아주 마음에 드는 듯 배시시 웃으며 말했다.

"얘들아! 하령이를 저 거지새끼 옆에서 떼어놓아라!"

"알았어!"

세 소년은 지체 없이 두 사람을 떼어놓기 위해 달려들었다.

"멈춰!"

냉한성이 발악하듯 외쳤다. 그 서슬에 달려들던 소년들은 멈칫 걸음을 멈췄다.

냉한성은 두 소년을 쏘아보며 차갑게 내뱉었다.

"누구든 하령이의 몸에 손끝이라도 대는 놈은 내 손에 죽는다!"

"뭐라고!"

"이 거지새끼가 미쳤나?"

"이게 완전히 돌았는데……."

소년들은 제각기 한마디씩 지껄였다. 그러나 그들 중 어느 누구도 선뜻 냉한성에게로 다가드는 사람은 없었다.

하령의 앞을 막아선 채 우뚝 서 있는 냉한성에게서 알 수 없는 두려움을 느꼈기 때문이다. 전부터 느껴왔던 것이지만 지금 이 순간에도 냉한성에게는 다가갈 수 없는 무형의 기운이 감돌고 있는 것이다.

"뭣들 하는 거냐? 거지새끼의 말에 겁이라도 집어 먹었다는 거냐?"

석천영은 망설이는 세 소년들을 보고 싸늘히 외쳤다.

소년들은 선뜻 내키지 않는 표정들이었다. 그러나 석천영의 비위를 건드리면 어떤 결과가 빚어진다는 사실을 떠올리고는 하나씩 앞으로 나섰다.

"후후……, 어디 한 번 죽여 봐라! 이 거지새끼야!"

"요즘 며칠 손을 안 봤더니 간덩이가 부을 대로 부었구나!"

소년들은 석천영이 뒤에 버티고 서 있는 것만으로도 힘을 얻은 듯 냉한성에게로 더욱 당당히 걸어갔다.

냉한성은 차츰 다가드는 소년들을 노려보고 있을 뿐 아무런 움직임도 보이지 않았다. 다만 앞으로 나서려는 진하령을 반강제로 다시 뒤로 돌려놓았을 뿐이다.

"얏!"

한 소년의 기합 소리를 신호삼아 세 아이가 동시에 우르르 달려들었다. 바로 그 순간 놀라운, 아니 믿어지지 않는 일이 벌어졌다.

목상처럼 서 있던 냉한성의 몸이 믿을 수 없이 빠르게 움직인 것이다.

퍽!

"으악!"

제일 먼저 덮쳐오던 소년이 면상을 감싸쥐고 나뒹구는 것과 동시에 냉한성의 오른발은 왼쪽에서 덮쳐드는 소년의 복부를 향해 힘차게 날아갔다.

"으윽!"

두 번째 비명의 여운이 가시기도 전에 냉한성의 머리는 마지막 아이의 면상을 향해 일직선으로 뻗어가고 있었다.

우적!

비명도 없었다.

단지 뼈가 부서지는 듯한 둔탁한 파육지음이 짧게 울려 퍼진 순간 마지막으로 달려들던 소년은 허옇게 눈을 까뒤집은 채 그대로 뻣뻣하게 뒤로 쓰러졌다.

쿵!

석천영의 입이 조금씩 벌어졌다. 불가사의한 일이 벌어진 것이다.

냉한성이 자신보다 훨씬 체구가 큰 세 명의 소년을 한꺼번에 때려눕힌 것은 실로 눈 깜짝할 새에 벌어진 일이었다.

석천영은 한동안 벌어진 입을 다물지 못했다.

'어떻게 이런 일이 일어날 수가 있지? 얼마 전에도 우리가 때리는 대로 맞고만 있었던 비렁뱅이 녀석이……?'

진하령은 냉한성의 비호(飛虎)같은 모습을 보고 일순 할 말을 잊은 채 멍하니 냉한성을 쳐다만 볼 뿐이었다.

"하…… 한성…… 아!"

그녀의 커다란 눈망울에 가득 담긴 것은 경악, 오직 경악뿐이었다.

냉한성의 놀라움이야말로 두 사람에 비할 바가 아니었다. 단지 천성적인 그의 무표정이 그의 격동을 삭감시키고 있을 뿐이었다.

'…… 내가 어떻게 세 명을……?'

그는 자신의 눈앞에 벌어진 현실이 믿기지 않았다.

'내가 지금 꿈을 꾸고 있는 것인가?'

냉한성의 몸에는 무려 일 갑자나 되는 내공이 담겨져 있었다. 그 사실을 자신이 모르고 있을 뿐이다.

그가 본능적으로 내민 주먹과 발길질에는 일 갑자의 공력이 실려져 있었다. 그 엄청난 힘을 체격이 큰 소년들이라고 하나 무공을 모르는 그들이 어찌 감당해낼 수 있으랴!

오랫동안 석고처럼 굳어 있던 석천영이 비로소 떨리는 음성으로 입을 열었다.

"네…… 네놈이 무공을 감추고 있었을 줄은……."

'무공? 내가 무공을……?'

스스로 반문하던 냉한성의 머리에 번쩍 스쳐가는 것이 있었다.

'붉은빛의 단약! 그래! 천령단을 먹은 이후 내 몸에 급격한 변화가 있었다.'

냉한성은 갑자기 주체할 수 없는 희열이 전신으로 퍼져가는 것을 느꼈다.

'힘! 천령단이 내게 힘을 준 것이다!'

냉한성은 소리라도 지르고 싶은 심정이었다.

'책에는 내공이라고 쓰여 있었다. 그래, 나의 몸에 내공이 생긴 것이다.'

"우흐…… 흐흐흐흐!"

냉한성의 입에서 울음소리도 웃음소리도 아닌 괴상한 소리가 흘러나왔다.

"우흐…… 우하…… 우하하하핫!"

그 괴상한 소리는 급기야 그의 전신에서 터져 나왔다.

그 누가 알겠는가?

여기 세상에 버림받고 온갖 멸시와 천대 속에 짓밟힌 가련한 영혼이 통곡하고 있음을…….

그것은 웃음이 아니라 통곡이었다. 전신으로 걷잡을 수 없이 터져 나오는 가련하고 외로운 영혼의 통곡이었다.

석천영과 진하령은 그렇게 미친 듯 웃고 있는 냉한성을 바라보며 다시 한 번 넋을 잃었다.

"미쳤군!"

석천영이 씹어뱉듯 되뇌었다.

그때 냉한성의 광소가 거짓말처럼 뚝 멎었다.

냉한성은 석천영을 무서운 눈으로 쏘아보더니 아주 나직하게 말했다.

"석천영! 네놈의 말대로 나는 미쳤다. 이제 미친놈의 손이 얼마나 너를 괴롭히는지 직접 몸으로 체험해 봐라!"

형용할 수 없을 정도로 복잡한 표정의 미소가 냉한성의 입가로 번졌다.

결코 인간이 지어낼 수 없는 미소, 경멸의 조소와 증오의 살소(殺笑)가 복합된…… 그것은 보는 이로 하여금 실로 형언키 어려운 공포를 자아내게 했다.

석천영은 한 차례 몸을 부르르 떨더니 차갑게 내뱉었다.

"네놈이 그 알량한 무공을 믿고 큰소리를 치는 모양인데 내게는 통하지 않는다."

냉한성은 대꾸 없이 묵묵히 석천영과의 간격을 좁혀갔다.

석천영의 자세는 큰소리친 것과는 달리 매우 신중하게 변해 있었다.

‘사부님께서 말씀하시기를 내 몸에는 이미 일 갑자의 공력이 있다 했으니 저놈 정도야 상대도 되지 않을 것이다. 그러나 방심은 금물이니 녀석을 얕보지 말아야겠다.’

냉한성은 냉한성대로 침착히 염두를 굴렸다.

‘나에게 내공이 있다 하나 놈처럼 정식으로 무공을 배우지 않아 불리할 것이다. 어떻게 놈을 상대해야 하지?’

두 사람의 간격은 어느새 일 장여로 좁혀져 있었다.

‘놈은 지독히 빠르다. 빠른 놈을 잡기 위해서는……’

생각과 동시에 석천영의 오른손이 번쩍 허공을 갈랐다.

“뒈져랏!”

펑!

“으윽!”

불에 데인 듯한 화끈한 통증이 어깨에 전해졌다. 냉한성은 사력을 다해 피했으나 그의 공격이 워낙 빨랐기 때문에 오른쪽 어깨를 가격당하고 말았다.

냉한성은 쓰러질 듯 비틀거리며 세 걸음이나 물러나서야 겨우 몸을 가눌 수 있었다.

“푸하하하…… 단 일 초도 못 받아 내는 주제에 큰소리를 치다니!”

석천영이 차갑게 비웃으며 다시 일 장(一掌)을 쓸어왔다.

쉬이익!

그 일 장의 기세는 가히 놀라워 손이 번뜩였다 싶은 순간 냉한성은 전신이 용광로 속으로 빨려드는 듯한 느낌을 맛보았다.

"헉!"

냉한성은 급히 몸을 공 굴리 듯 굴려 가까스로 공세를 피했다.

펑!

목표를 놓친 장력은 엉뚱한 곳을 후려쳐 바닥에 웅덩이를 만들었다. 파여진 웅덩이를 본 순간 냉한성은 안도의 한숨과 함께 식은땀을 흘렸다.

'휴우……. 저 장력에 맞았다면 뼈도 못 추릴 뻔했다.'

"하하하……, 언제까지 쥐새끼처럼 피해만 다닐 셈이냐?"

석천영은 득의의 웃음을 터뜨리며 재차 냉한성을 덮쳐갔다.

'헉! 없어졌다!'

석천영은 내심 짤막한 경악성을 내질렀다. 눈앞에서 어떤 빛이 어른거렸다 싶은 순간 냉한성의 신형이 감쪽같이 사라진 것이다.

'이…… 이놈이 경공까지……!'

석천영은 황급히 허공으로 솟구쳐 삼 장여를 단숨에 물러섰다. 불의의 기습에 대비하기 위한 순간적인 임기응변은 실로 칭찬할 만했다.

그러자 석천영의 시야에 비로소 냉한성의 모습이 들어왔다.

냉한성의 움직이는 모습을 본 석천영은 두 눈이 휘둥그레 졌다.

'아니 저놈이 이젠 보법(步法)까지!'

석천영의 두 눈에 냉한성이 기이한 방위를 밟아가며 몸을 움직이고 있는 광경이 보였다.

현천기환보(玄天奇幻步)!

바로 광천경에 수록되어 있는 단 하나의 보법인 현천기환 보가 냉한성에 의해 시전 되고 있었다.

휙! 휙!

냉한성은 빠르게, 혹은 느리게 석천영의 주위를 돌기 시작 했다.

그는 궁여지책 끝에 현천기환보를 떠올리고 무의식중에 펼친 것이었으나 그것이 석천영에게 끼친 영향은 지대한 것이었다.

석천영은 시간이 갈수록 머리가 어지러워져 종내에는 냉한 성의 신형을 제대로 분간할 수가 없었다.

'이…… 이런 신묘한 보법이 있었다니!'

그는 내심 당황했다. 그러나 그는 곧 침착하게 마음을 가라 앉히고는 사부가 자신에게 가르쳐 준 말을 떠올렸다.

'그래! 사부님의 말씀에 강호에서 일류고수라 해도 나를 쉽 사리 굴복시키지는 못할 것이라 말씀하셨다. 하물며 일류고 수도 아닌 이깟 거지놈에게 내가 당할 리는 없다.'

석천영은 자신감을 되찾고 냉한성의 움직임 하나하나를 집중해서 살펴보았다.

어느 순간 석천영의 눈에 짧은 기광이 스쳤다.

"이때다!"

석천영은 크게 외치며 쌍장을 기쾌하게 내뻗었다. 그의 이번 공세는 팔 성의 공력이 실려 있어 능히 바위라도 쪼갤 위세였다.

'네놈은 이번의 일격을 피하지 못하리라!'

석천영은 내심 냉한성이 피를 뿜으며 쓰러지리라 생각했다. 그런데 석천영은 쌍장을 내뻗은 순간 돌연 냉한성의 신형이 빙글 회전하는 것을 보았다. 이어 자신의 쌍장이 냉한성의 명문혈을 향해 급격히 빨려드는 듯한 느낌을 받았다.

"헉!"

석천영은 크게 놀라며 급급히 공세를 거두고 물러섰다.

석천영이 물러서자 냉한성의 신형도 다시 빙글 돌아 원래의 위치로 돌아갔다.

'어찌 이런 기변이…… 내가 착각을 했단 말인가?'

석천영은 등골이 오싹함을 느끼며 더욱 정신을 가다듬었다. 그러나 문제는 그가 생각한 것처럼 단순한 것이 아니었다.

그가 두 번째, 세 번째 공세를 펼쳤을 때도 처음과 똑같은 현상이 벌어진 것이다. 즉, 석천영이 공격을 하면 동시에 냉한성의 신형이 빙글 돌아 명문혈로 그의 공세를 받아내는 것이다.

그러자 조금 전과 마찬가지로 자신이 펼친 공세는 냉한성의 명문혈을 통해 고스란히 흡수되었다.

'이…… 이건 사술(邪術)이다!'

석천영은 그야말로 혼비백산해 정신을 차릴 수 없었다. 반면 냉한성은 시간이 갈수록 신이 났다.

그도 그럴 것이, 석천영이 공격만 했다하면 자신도 모르게 몸이 빙글 돌아 상대의 공세를 무색하게 만들 뿐 아니라, 그때마다 등 뒤 명문혈을 통해 어떤 알지 못할 힘이 스며들어 더욱 기운이 펄펄 나자 어찌 신나는 일이 아닌가?

'과연 천하제일광 할아버지의 말은 거짓이 아니었구나! 이토록 신묘한 보법을 내가 펼치게 되다니……!'

냉한성은 비로소 현천기환보의 무한한 위력을 피부로 절감했다.

일 각 정도 흘렀을까?

연신 공세를 퍼붓던 석천영이 마침내 탈진했는지 두 팔을 길게 늘어뜨렸다.

"헉…… 헉……!"

석천영은 연신 어깨를 들썩이며 가쁜 숨을 몰아쉬었다. 그에게는 이제 손가락 하나 움직일 힘마저 남아있지 않았다.

냉한성이 움직임을 멈춘 것은 그때였다.

냉한성은 천천히 석천영에게로 다가들었다. 그가 다가섬에 따라 석천영의 얼굴은 점차 눈에 띄게 창백해졌다.

"석천영!"

냉한성이 나직이 그의 이름을 불렀을 때 석천영의 얼굴은 완연한 공포감으로 물들어 있었다.

석천영은 자신이 거지새끼라 놀리던 냉한성에게서 공포를 느낄 날이 있으리라고는 상상조차 하지 못했다. 석천영은 공포에 앞서 견딜 수 없이 수치스러웠다.

냉한성이 나직하게 말했다.

"석천영! 너는 지금껏 남에게 맞아 본 적이 없을 것이다."

냉한성의 가녀린 주먹에 불끈 힘이 들어갔다.

"넌 맞는 자의 고통과 굴욕도 모르겠지."

석천영은 분노와 공포로 일그러진 눈으로 냉한성을 바라보았다.

냉한성은 그런 석천영을 오랫동안 뚫어지게 쳐다보다 차분한 음성으로 말했다.

"이제 너에게 맞는 자의 고통과 굴욕이 얼마나 참혹한 것인가를 직접 체험하게 해주마."

"으……, 네놈이 감히……!"

석천영의 알량한 자존심이 고개를 든 순간 냉한성의 주먹이 힘차게 허공을 갈랐다.

퍽!

"우악!"

석천영은 찢어지는 비명과 함께 얼굴을 감싸 쥐며 나뒹굴었다.

그는 수만 개의 바늘이 한꺼번에 얼굴을 찌른 듯한 고통에 땅바닥을 데굴데굴 굴렀다. 그의 턱은 잘 다져진 고기처럼 말랑말랑하게 변해 있었고, 부러진 이빨이 피에 버무려진 살점과 함께 입가로 흘러내렸다.

냉한성은 예의 무표정한 얼굴로 석천영에게 다가갔다. 그리고는 쓰러져 있는 그를 무심하게 굽어보며 입을 열었다.

"석천영! 엄살이 심하구나. 나는 갈비뼈가 부러졌을 때에도 네놈 앞에서 웃었다. 그 웃음의 의미를 이제 알려주마."

"으…… 으……!"

석천영은 연신 신음을 흘렸다. 맞은 데가 아파서가 아니었다.

굴욕감과 수치심! 그리고 이 순간이 지나면 언제 보상받을지 모르는 무참히 짓밟혀버린 자존심 때문이었다.

냉한성은 길게 한숨을 내쉬었다.

"바로…… 오늘과 같은 날이 언젠가 반드시 오리라 믿었기 때문에 난 그렇게 웃을 수 있었던 거다!"

말을 마치며 냉한성은 발바닥을 들어 석천영의 목 위에 올려놓았다.

"이제 네놈을 천천히 죽여주겠다."

냉한성이 발끝에 힘을 주자 석천영은 심하게 몸을 버둥거렸다.

"켁……! 제발…… 켁켁……!"

지렁이 같은 힘줄이 석천영의 얼굴 위로 툭툭 불거져 올랐다. 이대로 조금만 더 상황이 지속된다면 석천영은 숨이 막혀 죽거나 목이 부러져 죽을 것이다.

"안 돼! 한성아!"

진하령이 석천영의 위급함을 알고 달려들어 냉한성의 허리를 부둥켜안았다.

"한성아, 천영일 죽이면 안 돼! 그럼 너도 죽게 돼……. 제발 부탁이야. 그 발을 치워!"

그러나 냉한성은 육중한 바위마냥 끄덕도 하지 않았다.

"비켜라, 하령! 설사 내가 죽는다 해도 이런 놈은 절대로 살려둘 순 없다."

그 순간 석천영은 숨이 막혀 서서히 눈동자가 돌아가고 있었다.

진하령은 그런 석천영의 모습을 보고 다급히 냉한성의 발목을 잡고 애원했다.

"한성아! 제발 내 말 좀 들어, 천영이가 너를 괴롭힐 때마다 나 역시 천영일 죽이고 싶도록 미워했어. 하지만 이제 됐잖아. 천영인 다시는 너를 괴롭히지 못할 거야. 한성아 제발…… 흐흐흑……!"

진하령은 고개를 숙인 채 눈물을 터뜨리고 말았다. 그녀는 잠시 동안 그렇게 울고만 있다가 고개를 들어 냉한성을 쳐다보고 다시 입을 열었다.

"한성이를 위해서 하는 말이야. 나는 살인자의 부인이 되고 싶진 않단 말야……."

"하령……!"

냉한성의 고개가 힘없이 꺾여 진 것은 그 순간이었다. 그는 고통에 찬 눈으로 흐느끼는 진하령을 굽어보다 천천히 석천영의 목에서 발을 떼었다. 그리고는 아직도 자신의 발목을 붙잡고 있는 진하령을 묵묵히 일으켜 세웠다.

"한성아!"

"하령……!"

더 이상 말이 필요 없었다.

그들은 서로를 힘차게 부둥켜안았다.

그들의 발밑에 있는 석천영은 그제야 가까스로 의식을 되찾고 몽롱한 시선으로 그들을 바라보았다.

한 줄기 습한 바람이 그들의 곁을 스치고 지나갔다.

저 멀리서 시꺼먼 먹구름이 서서히 밀려들고 있는 오후였다.

제4장

의문의 괴승(怪僧)

01

하늘에는 차가운 한성(寒星)들이 떠올라 휘황한 빛을 뿌려 댔다.

만월도 질세라 눈부신 빛을 발하고 있는 아름다운 밤. 쏟아지는 달빛을 받으며 한 소년이 산길을 걷고 있었다.

하루의 일과를 마치고 집으로 돌아가는 냉한성이었다.

그로써는 오늘이 여러 가지로 감회가 남은 날이었다. 그러나 왠지 모르게 가슴 한 구석이 텅 빈 듯한 허전함을 떨쳐버릴 수 없었다.

어디서부터 시작되었는지도 모를 허전함…….

이런 저런 생각이 자꾸 머릿속에 맴돌았으나 잡히지 않았다.

이윽고 냉한성의 눈에 한 채의 초라한 움막이 비쳐들었다.

초라하지만 언제나 아늑한 그의 집이었다.

그런데 그의 눈에 또 하나 들어온 것이 있었다.

사람이었다.

일신에 낡고 빛바랜 잿빛 승포(僧袍)를 걸치고, 얼굴은 수많은 잔주름으로 뒤덮여 나이조차 짐작할 수 없는 모습의 노승(老僧)이었다. 그는 한 그루의 고목 등걸에 비스듬히 기대어 서 있었다.

냉한성은 이 낯설은 방문객을 보고도 뜻밖에 놀라지 않았다. 아니 노승을 발견한 순간 그의 눈에는 평온한 빛마저 감돌았다.

"클클……, 도토리만한 어린놈이 밤 깊은 줄도 모르고 쏘다니다니……. 어디를 갔다 오는 게냐 이놈아!"

노승은 버럭 호통을 내질렀다.

그러나 그것은 알 수 없는 깊은 애정이 동반된 호통이었다.

냉한성의 입가에 좀처럼 보기 힘든 훈훈한 미소가 떠올랐다.

"중 할아버지……, 오늘도 술이 취하셨군요."

그의 말에 노승은 어깨를 들썩이며 웃었다.

"클클. 이놈아, 얼마나 좋으냐? 쏟아지는 달빛 아래 술잔을 기울이는 초라한 땡중, 이것은 한 폭의 그림이다. 그림……

클클클.”

술에 취한 것일까? 아니면 제 기분에 젖은 흥취일까? 노승은 멋대로 흥얼거리며 달빛이 쏟아지는 들녘으로 비틀거리는 걸음을 옮겼다.

“태백아, 태백아……. 클클, 네가 달빛 받으며 한잔 술에 달 속의 계수나무를 읊었더냐!”

노승의 어깨가 저절로 들썩였다.

“이놈 태백아! 네놈이 달아 달아 밝은 달아 이태백이 놀던 달아…… 라고 읊었더냐? 클클, 이제 저 달을 노납에게 양보해라! 노납이 달 속에서 놀아야겠다. 클클클클…….”

노승은 줄곧 손에서 떼어 놓지 않던 호로병을 내팽개치고 갑자기 덩실덩실 춤을 추기 시작했다.

“어허 좋다, 좋구나!”

냉한성의 얼굴 위로 한 가닥 기이한 표정이 떠올랐다.

“세 번째……, 저분은 오늘로써 세 번째 똑같은 춤을 추시는 구나!”

노승의 춤을 물끄러미 바라보는 냉한성의 아련한 동공 위로 노승을 처음 만나던 날이 영상처럼 번져갔다.

노승은 사 개월(四個月)전 홀연히 냉한성 앞에 나타났다. 오늘과 마찬가지로 낡아빠진 잿빛 승포에 만취된 모습 그대로

였다.

노승을 처음 만나던 날, 그날은 냉한성으로서는 참으로 서러운 날이었다.

"석천영…… 석천영!"

냉한성은 무서운 저주가 담긴 음성으로 그 이름을 끝도 없이 되뇌었다. 고통의 순간들……. 그의 고통은 실로 어린 소년으로서는 감당키 힘든 참혹한 것이었다. 그러나 육체적인 고통보다 더욱 참을 수 없는 것은 정신적인 굴욕감이었다.

하락현의 유일한 서당(書堂)인 정문당(正文堂)의 정문대선생(正文大先生)의 무남독녀 진하령. 바로 그 소녀가 보는 앞에서 무참히 얻어터진 것이다.

물론 냉한성은 사력을 다해 싸웠다.

그는 절대로 당하고만 사는 소년이 아니었다. 아니, 오히려 그는 하락현 아이들로부터 독종(毒種)이라는 소리를 들을 만큼 오기로 똘똘 뭉쳐진 소년이었다.

그러나 그의 적은 너무 많았다.

그가 아무리 죽기를 각오하고 싸워도 하락현 아이들 전부를 때려눕힐 수는 없었다. 더구나 오늘의 상대는 무공을 익힌 석천영인 것을, 그의 힘이 아무리 강하다 한들 무공을 익힌 석천영 만큼은 어찌할 도리가 없었다.

모두가 돌아갔다.

엎어져 피 흘리고 있는 가엾은 냉한성만을 남겨둔 채……. 진하령 마저도 석천영에 의해 강제로 끌려갔다.

냉한성은 차가운 땅바닥에 머리를 처박은 채 울음을 삼켰다.

그는 절대로 남 앞에서 눈물을 보인 적이 없었다. 그러나 이 순간 처음으로 자신의 볼 위로 축축하고 뜨거운 것이 흐르는 것을 느꼈다. 일단 눈물이 흐르자 그것은 걷잡을 수 없이 흘러내렸다.

냉한성은 흙바닥에 머리를 찧어가며 절규했다.

"왜, 왜…… 나는 어머니가 없습니까? 왜 내겐 아버지도 없습니까? 왜 나만 고아라는 소리를 들어야 합니까?"

얻어맞아 터진 입술에서는 그때마다 피가 튀었다.

"가난한 것이 왜 죄가 됩니까. 내가 왜 거지새끼 입니까? 나는 한 번도 남에게 손을 내밀어 동냥질 해 본 적도 없는데 왜, 손이 터지고 발이 부르트도록 일해 주고 그 대가를 받았을 뿐입니다. 그런데 왜, 내가 거지새끼라는 소리를 들어야 합니까?"

그의 피 터지는 절규를 들어주는 사람은 아무도 없었다.

그래서 그는 더욱 서러웠다.

냉한성은 난생처음 목을 놓아 통곡했다. 허나 그것이 그에게는 마지막 눈물이 되고 말았다.

"다시는 울지 않겠다! 죽는 그날까지!"

냉한성은 무섭게 전신을 떨며 스스로 맹세했다. 그리고는 반은 기고 반은 굴러 집으로 돌아왔다.

"석천영! 네놈에게 벌써 열두 번째 얻어맞았다. 하지만 기억해라! 나는 네가 때린 만큼 꼭 다시 되돌려주겠다."

얼마나 많이 그 말만 되뇌었는지 모른다. 그 순간 그의 눈에서는 무서운 광채가 흘러나왔다. 한(恨)과 저주 그리고 증오로 뒤범벅된 뭐라 형용할 수 없는 무시무시한 광채였다.

그때 그의 두 눈에 이상한 물체가 잡혔다.

사람이었다.

집 앞 바로 옆 고목등걸 아래 낡아빠진 잿빛 승포를 걸친 노승이 장승처럼 서 있었다.

냉한성을 처음 본 순간 노승은 너무 놀라 벌어진 입을 한동안 다물지 못했다.

경악!

그것은 실로 감당하기 어려운 충격을 동반하고 있었다.

노승은 오랫동안 냉한성을 말없이 주시했다. 그리고 마침내 긴 탄식과 함께 입을 열었다.

"네놈…… 네놈은 참으로 한(恨)이 많은 놈이로구나!"

노승은 밑도 끝도 없는 그 한마디를 남기고 훌쩍 사라졌다. 그 후, 노승은 정확히 한 달 후 냉한성 앞에 다시 나타났다.

그리고 말없이 쏟아지는 달빛 아래 덩실덩실 춤을 추기 시작
했다.

화려한 불무(佛舞)였다.

노승은 불무를 추며 이렇게 말했다.

"이놈아, 이 춤은 천만금(千萬金)을 주어도 볼 수 없는 춤이
다. 네놈은 행운아다. 행운아!"

노승은 그리고는 다시 홀연히 사라졌다. 그리고 오늘 세 번
째로 냉한성 앞에 다시 나타난 것이다.

노승의 불무는 이미 시작 되었다.

냉한성은 노승의 춤에 취한 듯 자신도 모르게 춤을 추고 있
는 노승에게로 천천히 다가갔다.

노승의 불무는 아주 느릿하게 시작 되었다. 처음에는 마치
술에 취한 취객이 비틀 거리듯 했으나 차츰 일정한 격식에 따
라 규칙적으로 움직이기 시작했다.

무심하게 내뻗는 것 같은 손짓 하나에 뼈골 시린 섬뜩함이,
양손을 겹쳤다 펼치는 단순한 동작에 바다 같은 장엄함이 느
껴졌다. 아주 느릿하게 진행되던 불무가 돌연 속도를 더해갔
다.

백학(白鶴)이 일제히 나래를 펴고 승천(昇天)하듯. 만 마리
화사(花蛇)가 똬리를 트는 듯. 그러다가는 다시 정신없이 빙

글빙글 돌아가는 것이다.

"아……!"

마침내 냉한성의 입에서 나직한 탄성이 나왔다. 그의 두 눈은 황홀감에 젖어 노승의 일거수일투족을 빠짐없이 쫓고 있었다.

오늘로써 세 번째 보는 똑같은 춤인데도 볼 적마다 더욱 신비스럽고 환상적인 세계로 그를 인도했다.

일순, 노승의 입에서 괴상한 웃음소리가 흘러 나왔다.

"클클클! 이놈아 어떠냐? 노납의 춤이 아름답지 않느냐?"

냉한성은 홀린 듯 대꾸했다.

"아…… 아름다워요!"

"클클. 네놈도 이리 오너라. 오늘 밤은 네놈도 함께 취해 보자꾸나."

노승이 냉한성에게 손짓을 하자 그는 멈칫거렸다. 그러나 그는 곧 어떤 기이한 힘에 이끌리기라도 한듯 노승에게로 다가갔다.

그리고는 함께 춤을 추기 시작했다.

어깨가 들썩인다.

오른손이 건(乾)을 찌르고, 왼손이 곤(坤)을 가른다. 다시 두 손이 합장(合掌)의 자세를 취했다.

순간, 그것은 어느새 날카로운 수도(手刀)로 변해 수평(水

宙)으로 뻗어진다. 그러자 노승의 동작은 육안으로 판별할 수 없을 만큼 빨라졌다.

슉! 쉬쉬쉭!

승포가 찢어질 듯 펄럭이고 귀를 찢는 파공성이 난무했다.

그 순간, 냉한성의 몸놀림 또한 점차 속도를 더해가더니, 급기야는 노승과 똑같은 속도로 따라잡지 않는가?

슈슈슈슉—!

손과 발이 어지럽게 난무하고 몸 전체가 눈부신 속도로 돌아간다.

쏟아지는 달빛아래 벌어지고 있는 화려한 불무는 마침내 노승과 냉한성이 한 덩어리가 되어 돌아갔다.

어느 순간 산이 되고 바다가 되고 황야를 휩쓰는 폭풍이 되고……, 원대한 우주(宇宙)가 되어 그들은 한 덩어리로 돌아갔다.

노승은 지쳤는지 돌연 동작을 멈추고 조용히 한쪽 옆으로 비켜섰다. 그리고 신들린 듯 춤을 추고 있는 냉한성의 모습을 긴장된 얼굴로 주시 했다.

격동의 전율이 노승의 눈가에서 일었다. 그것은 삽시간에 노승의 전신으로 퍼져 나갔다. 마침내 노승의 입에서는 경이의 탄성이 터졌다.

"아! 완벽하다. 완벽한 초식(招式)이야!"

노승은 떨리는 몸을 주체할 수가 없었다.

"무서울 정도로 뛰어난 놈……, 이제 노납은 더 이상 가르칠 것이 없구나! 나의 모든 것이 그 춤에 담겨 있느니라!"

노승의 탄식은 너무도 나직해 불행히도 냉한성은 들을 수 없었다. 다만, 한 가지 분명한 것은 노승이 추었던 불무가 어떤 현묘한 무공초식(武功招式)을 담고 있다는 사실이었다.

이윽고 냉한성은 불무를 완전히 끝마치고 노승과 마주 섰다.

바로 그 순간 냉한성은 마치 자신이 어떤 거대한 산과 마주선 듯한 착각을 일으켰다. 달빛 속에 우뚝 서 있는 노승의 모습은 더할 수 없는 장엄함으로 냉한성의 동공에 투영되었다.

지금의 그 노승을 어찌 조금 전의 술 취해 주정하는 그런 초라한 모습의 노승이라 하겠는가?

문득 노승이 나직이 입을 열었다.

"네놈과도 이제 작별할 때가 되었구나!"

그의 음성은 삭풍처럼 공허했다.

냉한성은 잠자코 노승을 바라보고 있다가 천천히 입을 열었다.

"중 할아버지가 지금 말씀하신 작별은 어쩐지 영원한 작별을 뜻하는 것 같군요."

"허허……, 그놈……!"

노승은 멋적게 웃었다.

짧은 웃음이 끝나자 그의 눈가에는 형용키 어려운 광채가 언뜻 내비쳤다가 사라졌다.

"그렇다. 어쩌면 네놈의 말대로 영원히 못 보게 될지도 모르지."

냉한성은 입술을 가볍게 깨물었다.

'이 노승이 나를 세 번씩이나 찾아온 것은 결코 우연이 아니다. 오늘만은 이 노승의 정체를 알아내고야 말겠다.'

그는 내심 염두를 굴린 후 또렷이 입을 열었다.

"누추하지만 제가 기거하고 있는 움막이 지척에 있습니다. 마지막으로 차(茶)라도 한잔 대접하고 싶습니다."

노승은 잠시 무언가를 생각하는 눈치더니 이윽고 묵묵히 고개를 끄덕였다.

냉한성은 천천히 돌아섰다. 앞장서 노승을 안내하는 그의 입가에 의미 모를 한 줄기 미소가 떠올랐다.

02

찻잔을 사이에 두고 마주한 사람은 냉한성과 노승이었다.

그들은 말없이 묵묵히 차를 마시며 서로를 은연중 살피며 무엇인가 골똘히 생각에 잠겨 있던 냉한성이 차분한 목소리로 입을 열었다.

"한 가지 여쭤 볼 것이 있습니다."

노승은 조금 남아 있는 차를 훌훌 마시더니 퉁명스럽게 물었다.

"무엇이냐?"

냉한성은 단도직입적으로 말했다.

"중 할아버지는 누구십니까? 중 할아버지의 신분이 무엇이며 무슨 연유로 달마다 저를 찾아오시는지 알아야겠습니다."

노승은 그의 말에 신색을 굳혔다. 그러나 그것은 극히 순간적이었다.

노승은 특유의 괴상한 웃음을 터뜨리며 입을 열었다.

"클클클…… 이놈아, 나 같은 땡중에게 무슨 신분 나부랭이가 있겠느냐? 네놈이 잠꼬대를 하는 걸 보니 졸린 모양이구나. 이제 그만 가봐야겠다."

그러나 냉한성은 쉽사리 물러날 기색이 아니었다. 같은 또래의 소년들에게 오기로 뭉쳐진 독종이라 불리는 냉한성이다.

"중 할아버지, 분명히 말씀드리지만 저는 바보가 아닙니다. 또한 중 할아버지의 정체를 이미 어느 정도는 알고 있습니다."

순간 노승의 눈가에 언뜻 광채가 번뜩였다. 노승은 잠시 말없이 냉한성을 응시하더니 퉁명스럽게 물었다.

"네놈이 노납에 대해 무엇을 안다는 게냐?"

냉한성은 빛나는 눈으로 노승을 응시했다.

"저는 어제 천하제일광이라는 분을 만났습니다. 그분은 저를 찾아 온 이유가 어떤 사람과의 약속 때문이라고 말씀 하셨습니다."

노승은 별로 놀라는 기색이 없었다.

'음……, 역시 내 짐작대로 미친놈이 왔다 갔군!'

냉한성은 내심 자신의 추측을 확신하며 말을 이었다.

"제 생각으로 천하제일광이란 분을 제게 보낸 사람이 중 할아버지라고 생각합니다. 제 말이 틀렸습니까?"

노승은 이번엔 웃지도 않고 나직이 반문했다.

"네놈이 무슨 근거로 그런 추측을 해낸 것이냐?"

"그것은 간단합니다. 천하제일광이란 분은 어떤 땡초와의 약속 때문에 저를 찾아왔다고 했습니다. 헌데 제가 아는 중은 오직 할아버지 뿐입니다."

"클클클…….."

노승은 재차 괴이한 웃음을 터뜨렸다.

"이놈아, 이 세상에 발에 채이도록 많은 것이 땡중이다."

"그렇지 않습니다. 이 세상에 아무리 많은 중이 있어도 할아버지와 같은 중은 오직 한 분 뿐입니다."

냉한성은 크게 한 번 심호흡을 하고 다시 말을 이었다.

"더구나 지난 십사 년 간 저를 찾아온 외부인은 한 명도 없었습니다. 헌데 중 할아버지를 만난 이후 저에게는 계속 이상한 일이 생겼습니다."

냉한성은 잠시 말을 끊었다. 노승이 말해주기를 기다린 것이다. 냉한성은 잠시 노승을 주시하더니 말 할 기미가 보이지 않자 재차 독촉의 말을 이었다.

"이제 말씀해 주십시오. 무엇 때문에 저에게 관심을 두는 건지……? 또 할아버지는 누구신지도……?"

노승은 대꾸 없이 묵묵히 허리춤에 차고 있던 호로병을 끌러 목을 축이고 한참 후에야 비로소 입을 열었다.

"이놈아 이 세상엔 알아서 병이 되는 것이 있는가 하면, 몰라서 약이 되는 경우도 허다한 법이니라!"

그는 입술에 침을 한 번 축이고는 다시 말을 이었다.

"그래, 미친놈은 네게 무엇을 주었느냐?"

냉한성은 천천히 침착하게 대답했다.

"그분은 광천경이라는 한 권의 책자와 천령단을 주었습니다."

"천령단을……?"

노승은 잠시 무언가를 곰곰이 생각하는 눈치더니 혼잣말처럼 중얼거렸다.

"흐음……, 그 늙은이가 도둑질만 하는 줄 알았더니 남에게 선심을 쓸 때도 있군. 어쩐지 네놈의 눈빛이 더욱 반짝인다 했더니."

냉한성은 그 순간 자신의 추측이 확신으로 굳혀졌다.

'그렇다. 이분이 천하제일광을 내게 보낸 장본인, 그 땡중이다.'

이때, 노승이 불쑥 입을 열었다.

"그래 네놈의 생각으로도 그가 진정한 천하제일인이라고 할 수 있겠느냐?"

냉한성은 천천히 고개를 끄덕였다.

"그렇습니다. 저에게 있어서 만은 그분이 진정한 천하제일인 이었습니다. 십사 년 간의 한을 처음으로 풀게끔 제게 힘을 주신 분이니까요."

"십사 년 간의 한이라니 무슨 뚱딴지같은 소리냐?"

노승이 묻자 냉한성은 낮에 벌어졌던 석천영과의 일을 간략히 말해주었다.

돌연, 무표정하게 냉한성의 얘기를 듣던 노승의 눈에서 갑자기 이채로운 정광이 폭사됐다. 그는 엄숙한 표정으로 무언가를 골똘히 생각하더니 불쑥 입을 열었다.

"그 녀석이 너를 공격했던 동작을 기억하겠느냐?"

냉한성은 대답대신 고개를 끄덕였다.

"그럼 네가 본 그대로 어디 한 번 펼쳐보아라."

냉한성은 내심 의아하기 이를 데 없었다.

'도대체 왜 갑자기 이분의 표정이……?'

그러나 노승의 신색이 너무도 엄숙한지라 그는 마지못해 몸을 일으켰다. 이어, 석천영이 낮에 자신을 공격했던 동작들 하나하나를 펼쳐내기 시작했다.

노승은 내심 냉한성의 기억력에 찬사를 보냈다.

'기특한 놈, 무공에 무자도 모르던 놈이 이젠 노납 앞에서 무공을 펼쳐 보이다니.'

냉한성이 펼쳐내는 초식들은 완벽하게 이어지는 초식은 아니었지만 그 동작들을 기억해 냈다면 그는 일단 평범한 사람이 아닌 것이다.

순간 냉한성의 양손이 앞으로 빛살처럼 뻗자 노승의 두 눈에 더할 수 없는 경악의 빛이 휘덮었다.

"아니 저것은 패천마령장(覇天魔靈掌)!"

냉한성의 동작이 우뚝 멈추었다.

노승의 돌연한 외침에 놀란 것이다. 그러나 그가 뭐라고 입을 열기도 전 노승의 추상같은 호통이 떨어졌다.

"계…… 계속해라! 어서……."

냉한성은 의혹에 가득 찬 눈으로 노승을 바라보다가 다시 동작을 이었다. 냉한성의 동작은 조금씩 빨라지기 시작했다.

노승이 재차 경악성을 터뜨린 것은 냉한성의 동작이 완전히 바뀐 순간이었다.

"파…… 파황단천지(破荒斷天指)!"

바람도 없는데 노승의 백미가 부르르 떨렸다.

냉한성은 노승이 두 번씩이나 갑자기 경악성을 내지르자 완전히 얼이 빠졌다.

냉한성은 동작을 완전히 멈춘 후 의혹 가득한 눈으로 묵묵히 노승을 주시했다.

노승은 마치 넋 나간 사람처럼 오랫동안 초점 없는 눈으로 한 곳만을 응시했다. 무엇인가를 생각하는 것이다.

잠시 후 노승은 침중한 탄식과 함께 신음하듯 중얼거렸다.

"그들…… 그들은 분명 천외마부(天外魔府)로 도주했던 마두들이건만……. 그들이 강호에 나왔다면…… 더구나 이런 산골에 전인(傳人)까지 두었다는 것은……."

진정 놀라운 일이 아닐 수 없었다.

천외마부!

위대한 무림구성(武林求星) 신도장홍(神刀長紅)이 강호의 평화를 위해 만들었다는 밀중밀지(密中密地).

수도 헤아릴 수 없이 많은 개천혈마(蓋天血魔)들이 득실대는 곳이며, 한 번 들어가면 영원히 빠져나올 수 없는 신비와 공포의 마역이 천외마부인 것이다.

노승의 전신에 팽팽한 긴장감이 감돌았다.

'불…… 불가능한 일이야. 헌데 저 녀석이 보여준 무공초식은 뭐란 말인가? 정말 그 마두들이 천외마부에서 탈출했단 말인가?'

노승의 전신에 식은땀이 흘렀다.

냉한성은 긴장에 싸여 있는 노승의 모습을 바라보며 점점 의혹에 휩싸였다.

'이분이 석천영의 사부를 알고 있음은 확실하다. 헌데 이토록 놀라는 이유는 무엇일까? 천외마부……, 그곳이 어떠한 곳이기에……?'

노승은 문득 무슨 생각을 떠올렸는지 갑자기 엄숙한 모습으로 입을 열었다.

"내 말을 집중해서 듣거라. 지금부터 너에게 한 가지 대법(大法)을 시전 하겠다!"

노승의 주름진 눈매는 더욱 날카로워졌다.

"취기수예대법(聚氣手叡大法)! 이것은 너의 목숨과 직결되는 일이니 어서 가부좌를 틀고 앉아라."

만약 무림인이 있어 이 말을 들었다면 분명 자신의 귀를 의심했을 것이다.

취기수예대법!

시전자가 최소한 오 갑자(五甲子)의 공력을 갖춰야만 펼칠 수 있는 불문(佛門) 최고의 무상개정대법(無上開頂大法).

이것은 자신의 내력(內力)으로 상대의 골격은 물론 전신 혈도(穴道)의 위치까지 바꿔, 종내에는 어떠한 충격에도 파괴되지 않는 금강불괴지체(金剛不壞之體)로 만드는 경이(驚異)로운 개정대법이다.

더욱 놀라운 것은, 극강(極强)한 강기무공(氣武功)에 의해 금강불괴지체가 파괴된다 해도 한 줌의 진기만 남아 있으면 다시 회생(回生)할 수가 있으니 한 인간을 불사신(不死神)으로 만드는 것과 다름이 없다.

그야말로 전신 심맥이 끊어지고 온몸이 난도질당해도 결코 죽지 않는 불사신이 되는 것이다.

냉한성은 뜻밖의 말에 두 눈이 휘둥그레졌다.

그가 머뭇거리자 노승은 갑자기 벽력같은 호통을 터뜨렸다.

"시간이 없다! 네놈은 무얼 하는 게냐?"

노승은 쫓기듯 서두르고 있었다. 그리고 그의 두 눈에서는 항거하기 힘든 무서운 광채가 쏟아져 나왔다.

"심신(心身)을 맑게 해라. 명심해라! 절대로 잡념을 가져서는 안 된다."

노승의 근엄한 음성이 울려 퍼졌다.

이제 전설(傳說)로만 알려졌던 취기수예대법이 시전 될 순간이 된 것이다. 냉한성은 이미 노승의 반강제적인 명령에 의해 전라(全裸)의 모습으로 반듯이 누워 있었다.

노승은 두 눈을 지그시 감고 합장(合掌)의 자세를 취했다.

일다경(一茶頃) 정도 지났을까?

노승의 전신으로부터 눈부신 금황색(金黃色) 서기(瑞氣)가 안개처럼 피어오르기 시작했다.

그 서기(瑞氣)는 순식간에 노승의 전신을 휩싸더니 점차 휘황한 금광(金光)을 사방으로 뿌려댔다. 동시에 노승의 몸이 낮은 자세 그대로 허공으로 천천히 떠올랐다.

전설적으로 전해지는 무공의 극상경지 답력부운(踏力浮雲)!

수천 년 무림사를 통틀어도 극소수의 초극고수(超極高手)만이 도달했던 신(神)의 경지가 바로 답력부운이었다.

노승은 허공에 뜬 상태로 쌍장을 천천히 냉한성을 향해 뻗었다.

스스스스—

금광이 뻗어나가 냉한성의 전신을 휘감았다.

그러자 냉한성의 나신은 바닥에서 허공을 향해 천천히 떠오르기 시작했다. 눈으로 직접 보고도 믿지 못할 기상천외(奇想天外)한 일이 아닐 수 없었다.

이윽고 냉한성의 나신이 노승의 몸과 수평으로 떠올랐다.

노승은 얼굴 가득 장엄한 빛을 띄우며 말했다.

"이제 시작이다. 말할 수 없을 정도로 엄청난 고통이 엄습하더라도 절대 신음 소리를 내서는 안 된다."

노승이 말을 끝내자 놀랍게도 그의 전신을 휩싸고 있던 금광이 천천히 걷히며 머리끝부터 차례로 투명(透明)하게 변했다.

순식간에 노승의 전신은 투명하게 변해버린 후 기이하게도 영롱한 무지갯빛 칠색서기(七色瑞氣)가 노승의 몸에서 부챗살처럼 폭사되어 방 안을 온통 황홀하고 신비롭게 물들였다.

칠색서기가 온 방 안에 퍼지자 심신(心身) 저 밑바닥까지 황홀하게 만드는 청아한 향기(香氣)가 은은히 풍겨 나왔다.

칠색서기는 이내 냉한성의 몸 주위를 서서히 선회하기 시작했다. 그러자 냉한성의 전신은 온통 눈부신 광채로 물들어 갔다. 실로 보는 이로 하여금 절로 탄성을 유발시킬 황홀한 신비경(神秘境)이었다.

"후유!"

노승이 끌어 올린 숨을 한 순간 내쉬었다.

그 순간 노승의 입으로부터 내단(內丹)처럼 둥근 모양의 자색운무(紫色雲霧)가 빛살같이 뿜어져 나왔다.

슈욱!

일직선으로 뻗쳐진 자색운무는 그대로 냉한성의 입 속으로 빨려들었다. 그러자, 냉한성을 감싸고 있던 칠색의 영롱한 광채가 씻은 듯 사라졌다.

'우우…… 윽!'

냉한성은 하마터면 고통의 신음을 터뜨릴 뻔했다. 너무도 극심한 통증이 그를 엄습한 것이다. 그러나 그보다 빨리 노승의 전음(傳音)이 그의 고막을 울렸다.

'참아라! 이 순간을 넘기지 못하면 모든 것이 실패로 돌아간다. 내가 불러 주는 구결대로 운공하면 그 고통은 곧 사라질 것이다.'

혜광심어(慧光心語)!

전음술 최고의 경지로 불리는 불문(佛門)의 전음술 혜광심어는 입을 열지 않고 단지 뜻만으로 상대에게 의사를 전달하는 전설상의 전음술(傳音術)이다.

지금 노승이 시전한 전음술이 혜광심어니 정녕 노승의 무학은 그 깊이를 헤아릴 수 없는 천상천외의 것이었다.

극심한 고통에 몸을 떨고 있는 냉한성의 귓전으로 계속해서 노승의 전음이 날아들었다.

무위화성(無爲化成) 일태월극(日太月極) 공령선우(空靈仙禹) 천지아무(天地我無)…….

노승의 전음은 냉한성에게는 시원한 소나기와 같았다.

냉한성은 이를 악물고 고통을 참아내며 구결에 따라 진기를 이끌어갔다.

얼마쯤 지나자 냉한성은 갑자기 단전(丹田)으로부터 알 수 없는 일곱 가닥의 기류(氣流)가 가공할 기세로 전신을 헤집는 것을 느끼고 크게 놀랐다.

오장육부가 모조리 얼어붙는 듯한 격렬한 한기(寒氣), 전신이 타는 듯한 엄청난 열기(熱氣)……. 또한 부드러운 듯 하면서도 주체할 수 없을 정도로 강력한 일곱 가닥의 기류는 노도처럼 전신을 질주하여 실로 형용키 어려운 고통을 안겨주었다. 그것은 피와 살로 이루어진 인간으로서는 도저히 감당할 수 없는 참혹한 고통이었다.

'우우…… 우웃……, 끄으…….'

비명이라도 지를 수 있다면 그래도 고통이 덜 할 것 같았다. 허나 냉한성은 연신 터져 나오려는 신음을 입술을 씹어 물고 삼켜버렸다. 그의 전신은 격심하게 경련을 일으켰고, 악문 입술에서는 붉은 핏물이 흘러내렸다.

노승의 전음은 끊이지 않고 이어지고 고통의 시간은 계속되었다.

얼마나 시간이 흘렀을까?

돌연 냉한성의 몸에서 미친 듯이 날뛰던 일곱 가닥의 기류는 서서히 단전으로 운집 되었다. 그러나 그것도 잠시 뿐, 단전으로 운집 되었던 기류들은 무서운 기세로 비소현관(秘銷玄

關)을 향해 치달렸다.

콰콰쾅……!

비소현관은 기류들의 압력에 못 이겨 그대로 폭죽 터지듯 뚫려 버렸다. 이어, 음양현관(陰陽玄關) 천지교태(天地交態)마저 거침없이 뚫어버리고 전신 십사경락(十四經絡)을 무서운 기세로 십이주천(十二周天)했다

그 순간이었다.

투투투툭.

냉한성의 전신 골육(骨肉)이 요란한 소리를 내며 이탈되기 시작하는 것이 아닌가?

인간이 바라는 가장 이상적인 체질로 냉한성은 변하기 시작한 것이다.

그의 피부가 한 겹, 두 겹 벗겨졌다. 이어 드러나는 눈부신 살결, 어떤 여인의 살결보다도 곱고 투명해 눈이 부셨다. 마치 갓 태어난 아기의 피부를 보는 듯했다.

냉한성의 바짝 마른 몸매는 더욱 윤기 있고 탄력 있게 변했다. 그의 모습을 보고 있는 노승의 눈가에 격동의 빛이 스쳐 갔다.

'됐다! 성공이다!'

노승의 입가에 만족의 미소가 번졌다.

"탈태환골(脫胎換骨)! 탈태환골의 순간을 본 사람은 나밖에

없을 것이다. 흐흐흐……."

허공에 떠 있던 두 사람의 몸이 천천히 바닥으로 내려섰다. 아직도 두 사람의 몸에선 성스러운 광채가 은은하게 비쳤다. 이윽고 감겨 있던 냉한성의 눈이 번쩍 뜨였다.

찰나, 그의 눈에서 번쩍이는 금광이 뻗쳐 나왔다가 이내 사라져 버렸다.

냉한성의 눈빛은 전에도 맑았지만 지금은 좀 전보다도 더 맑고 잔잔한 빛을 띠어 마치 샛별을 보는 것 같았다.

노승이 그런 냉한성을 격동의 눈빛으로 쳐다보고 있다가 먼저 입을 열었다.

"너는 앞으로 반 시진 동안은 입을 열어서도, 몸을 움직여서도 안 된다. 노납이 네게 취기수예대법을 베푼 것은 앞으로 닥칠 고난을 대비하기 위함이다."

노승은 복잡한 감정이 뒤섞인 눈길로 냉한성을 바라보며 말을 이었다.

"물론 너에게 지금 수많은 의문들이 남아 있을 것이다. 구태여 그 의문들을 알려고 하지 마라. 모든 것이 너의 생명이 달려 있다고 생각하고 때를 기다려라."

노승은 잠시 허공을 바라보다 다시 말을 이었다.

"언젠가는…… 언젠가는 웅비(雄飛)의 나래를 마음껏 펼칠 것이다."

이 말을 하는 순간 노승의 눈빛은 더할 수 없이 강렬한 광채로 물들었다. 잠시 후 노승은 천천히 돌아섰다.

"잘 있거라. 내가 죽지 않는다면 다시 볼 날이 있을 것이다."

노승은 이 한마디를 남기고 홀연히 방 안에서 사라졌다.

냉한성은 망연한 시선으로 노승이 사라진 입구를 바라보며 그가 남긴 말들의 의미를 되짚어보았다.

'앞날의 고통, 운명, 웅비의 나래…….'

통 알 수 없는 말 뿐이었다.

그러나 분명한 것은 냉한성은 두 번째 기연을 맞이한 것이다. 그것도 엄청난 기연을 말이다.

취기수예대법!

이 전설적인 불문개정대법으로 인해 또 한 번 죽음의 늪에서 벗어나 진정한 고금불사제일존(古今不死第一尊)으로서 화려한 탄생을 맞게 되었다.

제5장

너에게 강호(江湖)를 주마!

01

번쩍! 쏴아아아아~!

섬광(閃光)이 천지를 갈랐다. 이어, 하늘을 잔뜩 뒤덮고 있던 먹장구름이 거센 폭우를 쏟아냈다.

폭우는 마치 양동이로 퍼붓는 듯 무섭게 허름한 초가에 쏟아졌다.

아직도 초가 안에 있는 냉한성은 광분하는 폭우에도 아랑곳 하지 않고 깊은 잠에 빠져 있었다.

곤한 잠에 빠져 있는 냉한성의 입가에는 달콤한 꿈이라도 꾸는 것처럼 한 가닥 은은한 미소가 어려 있었다.

우르릉— 꽝! 번쩍!

또 한 차례 엄청난 폭음과 함께 섬광이 어두운 밤하늘을 공포스럽게 갈랐다. 그때 누군가가 빗속을 걷는 듯한 소리가 들렸다.

철퍽철퍽!

소리는 이내 냉한성의 초가 앞에 멈췄다.

스르르륵!

냉한성이 잠들어 있는 초가의 문이 소리 없이 열렸다. 이어, 하나의 인영이 어둠의 일부처럼 실내로 스며들었다.

인영의 오른손에는 섬뜩한 빛을 뿌려대는 검(劍)이 쥐어져 있었다.

인영은 한동안 문 앞에 숨을 죽인 채 서 있더니 이윽고 천천히 잠들어 있는 냉한성에게 다가갔다.

'후후……, 세상모르고 잠들어 있구나! 이 찢어 죽여도 시원치 않을 놈……!'

인영은 냉한성의 얼굴을 굽어보며 섬뜩한 살소(殺笑)를 흘렸다.

번쩍!

또 한 번의 섬광이 허공을 가르자 잠시 방 안의 경물을 확연히 비추며 이내 냉한성 앞에 검을 쥔 인영의 얼굴이 드러났다.

놀랍게도 그 인영은 석천영이었다. 그는 낮에 당한 치욕을 갚기 위해 폭우가 쏟아지는 이 밤에 냉한성을 찾아온 것이다.

석천영의 복수에 대한 집념은 어린 소년임에도 불구하고 정말 무서운 것이었다.

석천영은 입술을 지긋이 물고 장검을 천천히 위로 치켜 올렸다.

"이 거지새끼, 이제 영원히 잠들게 해주겠다!"

파밧!

석천영의 장검이 눈부신 검광(劍光)을 뿌리며 냉한성의 목줄기로 정확히 떨어져 내렸다.

깡!

"으윽……!"

어이없게도 검으로 목을 내리쳤건만 들리는 것은 파육지음이 아닌 쇠끼리 부딪히는 소리였다.

눈앞에 실로 예상치 못했던 결과가 빚어졌다.

당연히 목이 날아갔어야 할 냉한성, 헌데 그가 피를 뿌리고 죽기는커녕 벌떡 일어나는 것이 아닌가?

반면 석천영은 너무도 놀라 벌린 입을 다물지 못했다.

'이…… 이럴 수가…… 검이 튕겨져 나오다니. 금…… 금강불괴…… 아, 믿을 수 없는 일이다.'

석천영은 검을 내리치는 순간 오히려 자신의 손아귀가 찢어지는 듯한 아픔에 완전히 넋이 나갔다. 그때 냉한성의 원독에 찬 음성이 방 안에 쩌렁쩌렁하게 울렸다.

"으…… 석천영, 이 비열한 놈!"

그는 비록 경세의 취기수예대법으로 인해 목숨을 구했지만 그의 목에는 한 줄기 은은한 혈선과 함께 선혈이 내비치고 있었다.

아직은 완전한 금강불괴의 몸이 되지 못했기 때문이었다.

굳어 있던 석천영이 갑자기 검과 합일(合一)이 되어 그대로 신형을 폭사시켰다.

"죽어랏!"

석천영의 신형이 폭사되는 속도의 빠름이란 도저히 말로 표현 할 수 없었다. 냉한성은 본능적으로 신형을 허공으로 띄웠다.

"욱!"

그러나 그는 재차 왼쪽 어깨에 강렬한 통증을 느끼며 옅은 신음을 토해냈다.

'너무 실내가 좁아 현천기환보를 펼칠 수가 없구나'

석천영은 자신의 일검이 냉한성의 어깨에 격중하자 어느 정도 자신감을 되찾은 듯 다시 공격 자세를 취했다.

"이 미꾸라지 같은 놈! 잘도 피하는 구나."

냉한성은 현천기환보를 펼치지 않고는 석천영의 검에서 살아날 방도가 없다고 생각되자 급히 몸을 날렸다.

와장창~ 창!

냉한성이 전광석화같이 창문을 뚫고 밖으로 몸을 날렸다.

"흥! 도망을…… 어림없다!"

석천영은 일순 당황했으나 지체 없이 냉한성의 뒤를 쫓아 몸을 날렸다. 그러나 일단 밖으로 나오자 사태는 급반전 되었다.

냉한성은 우리에서 막 들려나온 맹수처럼 전후좌우 사방팔방을 눈부시게 드날리기 시작한 것이다.

두 번째로 펼쳐지는 현천기환보였다.

"석천영! 이번만은 기필코 네놈을 죽여주겠다."

냉한성의 저주에 찬 외침이 폭우 속을 헤집고 울려 퍼졌다.

석천영은 창백한 얼굴로 검 자루를 굳게 감아쥐었다.

"내가 두 번씩이나 똑같은 수법에 당할 것 같으냐? 이번에야말로 죽을 놈은 바로 네놈이다."

석천영은 광풍노도와 같이 검을 이리저리 휘둘렀다.

두 소년의 생사를 건 폭우 속의 대결은 그렇게 막이 올랐다.

파바바밧—!

새 하얀 검기가 사방팔방으로 냉한성을 향해 폭사되어 갔다.

석천영의 동작은 순서 없이 마구 휘두르는 것 같았으나 강호의 일류고수 못지않은 내력이 실려 있어 소홀히 했다가는 큰 낭패를 보기 십상이었다.

그러나 아무리 독랄한 석천영의 검법이라 할지라도 현천기환보의 기기묘묘한 변화에 필적할 순 없었다.

냉한성은 너무도 유유히 석천영의 공세를 피하는 것이다.

'이럴 수가! 장공(掌功)은 그렇다 치고 검공(劍功)까지 효력이 없을 줄은…….'

석천영은 당황했다. 첫 번째 대결과 마찬가지로 그의 검세 또한 냉한성의 보법에 의해 번번이 무위로 돌아가고 있었다.

더구나, 냉한성은 현천기환보를 전개하는 동시에 간간이 괴이한 동작으로 일장(一掌)을 때려내는데 그 초식의 괴이함과 신랄함이 기절초풍할 정도였다.

냉한성의 이 동작은 노승의 불무 중 손동작만을 변용해 펼쳐내는 것이었다.

"허…… 헉!"

마침내 석천영은 거친 숨을 몰아쉬기 시작했다. 그는 이제 공격은 고사하고 몸을 피하기에도 급급한 형세였다. 이대로 가다간 그의 패배는 자명했다.

그런데 언제부터인가 고목나무 아래 석상처럼 버티고 선 채 두 소년의 격전을 예의 주시하고 있는 두 노인이 있었다.

두 노인의 전신에서는 몸이 오싹할 정도로 전율적인 사기

(邪氣)가 물씬 풍겨 나왔다.

특히 우측에 서 있는 노인은 눈이 하나 뿐인 독안노인(獨眼老人)이라 그런지 더욱 음산한 귀기를 흩뿌리고 있었다.

언제부터인지 냉한성을 주시하던 두 노인의 눈은 더할 수 없는 경악으로 물들어 있었으며 안색 또한 창백하게 굳어 있었다.

쏴아아아~!

폭우는 이 순간에도 더욱 거세게 대지를 후려쳤다.

문득, 우측의 독안노인이 침중한 어조로 말했다.

"틀림없군. 저 꼬마 놈이 펼치고 있는 초식은 무무승(無無僧)의 천선다라불영무(天仙多羅佛影舞)가 분명하다!"

좌측의 흑삼노인도 무겁게 고개를 끄덕였다.

"자네의 눈도 아직은 쓸만하군. 문제는 저 꼬마가 어떻게 무무승의 독문절기를 익혔는가 하는 것이지."

흑삼노인이 잠시 사이를 두었다가 말을 이었다.

"더욱 이해할 수 없는 것은 꼬마가 펼치고 있는 보법(步法)이다. 저것은 땡초놈의 것이 아니다."

그는 말끝에서 고개를 설레설레 내저었다

무무승(無無僧)은 중원이 낳은 불세출의 천하제일기승(天下第一奇僧)인 동시에 당금 무림에서 최고의 신비인(神秘人)이기도 했다.

그에 대해 알려진 것이라고는 전혀 없다.

그의 출신문파나 신세내력, 심지어는 나이까지도 확실하게 아는 것이 하나도 없었다. 물론 그가 지닌 무공의 깊이조차 아는 사람이 없었다.

그러나 그는 분명 당금 무림 천하사대고수인 중원사천(中原四天)의 한 자리를 차지하고 있었다.

실로 기이한 일이 아닐 수 없다.

신세내력이나 무공수위조차 전혀 알려진 바 없는 그가 어떻게 중원사천의 대열에 오를 수 있었을까? 아니 땐 굴뚝에 연기가 날 수 없듯이 이유가 있었다.

천하제일광 뇌강후가 그를 입증시킨 것이다.

천하에 훔치지 못한 비급이 없다는 위대한 무공광이 어느 날 터뜨린 탄식 한마디!

— 무무승! 노부는 그의 비급을 보지 못한 것이 한이다. 십년 동안 오직 그만을 쫓았으나 노부는 끝내 그의 비급 표지조차 구경치 못했다!—

천하제일광이 탄식한 이 한마디는 많은 것을 의미했다.

그렇게 뛰어난 무공을 가지고 있으면서도 무무승 한 명의 비급을 훔치지 못했다! 이것은 적어도 그의 무공수위가 천하제일광과 같거나 뛰어나다는 것을 단적으로 입증하는 것이다.

무림인들은 그것으로 충분했다. 그리고 단번에 그를 중원 사천의 한 자리에 올려놓았다.

현 무림 최고 신비의 대명사, 그가 바로 무무승인 것이다.

그랬다.

냉한성을 찾아왔던 그 노승이 바로 무무승인 것이다.

긴 침묵을 깨고 독안노인이 입을 열었다.

"내 생각으로는 꼬마 놈이 땡초의 천선다라영무를 익힌 것으로 보아 놈들이 마침내 그 일을 시작한 것으로 보는데……, 자네의 생각은 어떤가?"

흑삼노인은 수염도 없는 뾰족한 턱을 잠시 매만지다가 말했다.

"흠, 동감이네. 문제는 꼬마를 처리하는 방법인데……."

독안노인의 대꾸가 없자 그들의 사이에 한 순간 무거운 침묵이 흘렀다.

문득 독안노인이 입가에 차가운 미소를 띄우며 냉랭하게 내뱉었다.

"화근이 되는 독초(毒草)는 미리 그 뿌리를 없애는 것이 상책이라고 생각하는데……!"

순간 흑삼노인의 눈이 빛났다.

"죽이자는 얘기군!"

독안노인은 대답 없이 흑삼노인을 바라보며 고개를 끄덕

였다.

　두 노인이 결심을 굳힌 순간 폭우 속을 뚫고 처참한 비명소리가 들렸다.

　“으으악!”

　냉한성의 일 장에 가슴을 정통으로 얻어맞은 석천영이 십 장여나 튕겨나가 진흙탕 속에 처박힌 것이다.

　석천영의 입에서는 한 움큼의 붉은 핏덩이가 쏟아져 순식간에 앞자락을 붉게 물들였다.

　냉한성은 몸을 일으키려고 버둥거리는 석천영에게 다가갔다. 그리고는 잠시 그를 쏘아보다가 차갑게 말을 내뱉었다.

　“석천영, 네놈이 자초한 죽음이니 누굴 원망하겠느냐?”

　“으…….”

　석천영은 엄중한 내상을 입은 듯 신음하며 공포에 질린 얼굴로 냉한성을 쳐다보았다.

　“이제 영원히 죽여주마.”

　냉한성이 천천히 오른손을 치켜들었다.

　이제 석천영은 냉한성이 손을 내려치는 순간 죽는 것이다. 이때 냉한성의 등 뒤에서 감정이라고는 전혀 담겨 있지 않은 싸늘한 음성이 들려왔다.

　“꼬마야, 너는 그 아이를 죽일 수 없다!”

　“헉!”

냉한성은 소스라치게 놀라 황급히 뒤를 돌아다보았다.

냉한성의 등 뒤에는 어느새 다가왔는지 음산한 귀기를 전신에서 내뿜고 있는 두 명의 노인이 우뚝 서 있는 것이 아닌가?

냉한성은 자신을 주시하고 있는 두 노인의 무서운 눈빛에 가볍게 전율했다.

"사, 사부님!"

쓰러져 있던 석천영의 입에서 쥐어짜는 듯한 경악성이 터져 나왔다.

'사부!'

냉한성은 그 말을 듣는 순간 뒤통수를 쇠망치로 얻어맞은 듯한 둔중한 충격을 맛보았다.

'이 두 노인이 석천영의 사부……!'

냉한성의 눈가에 찰나적으로 절망의 빛이 스쳐갔다.

그러나 냉한성은 이내 특유의 냉정함을 되찾아 두 노인의 앞에 의연히 버티고 섰다. 그리고는 차분한 음성으로 입을 열었다.

"두 분의 표정을 보아하니 못난 제자의 복수라도 해주실 것 같군요?"

두 노인은 냉한성의 당돌한 말에 일순 이채로운 신광을 번뜩였다.

‘당돌한 놈.’

‘역시 땡초의 눈은 무섭군! 물건이야.’

냉한성은 두 노인의 눈빛을 보며 내심 생각했다.

‘음, 두 노인의 눈빛은 결코 나를 순순히 보내 줄 눈빛이 아니다!’

냉한성의 등줄기에서 식은땀인지 빗물인지 모를 물이 뚝뚝 떨어졌다.

독안노인이 미미한 웃음을 지으며 억양을 구별하기조차 힘든 음성으로 말했다.

“안됐지만 꼬마야, 우리는 너를 죽일 수밖에 없다.”

냉한성은 순식간에 안색이 하얗게 질려버리고 말았다. 설마하니 두 노인이 자신을 죽이기까지 하려는지 미처 생각하지 못했다.

냉한성은 재빨리 도망갈 궁리를 해야만 했다.

그러나 그가 자세를 취하기도 전에 독안노인의 오른손이 괴이하게 흔들렸다.

퍼엉!

“크악!”

폭음과 비명이 거의 동시에 터졌다.

독안노인의 장력은 냉한성의 앞가슴을 그대로 격중시켰다. 냉한성은 그것을 피할 수도 그렇다고 감당 할 수도 없는 엄청난 장력이었다.

"우우~ 욱!"

냉한성은 고통에 일그러진 얼굴로 간신히 몸을 일으켰다.

그런 냉한성을 보는 독안노인의 눈가에 은은한 경련이 일어났다.

'음, 놀라운 일이다. 강호의 일류고수라해도 피를 토하고 쓰러져야 정상인데, 요 꼬마놈이 나의 오 성 공력이 담긴 장세를 맞고도 견뎌내다니…….'

놀라워하기는 맞은편에 서 있던 흑삼노인 또한 그에 못지않았다.

'도대체 이 아이의 체내에 얼마큼의 내력이 담겨있기에……. 어쩌면 이 아이는 우리가 생각했던 것보다 더욱 뛰어난 아이인지 모르겠구나!'

이때 냉한성이 몸을 일으켰다.

독안노인을 노려보는 그의 두 눈에서 찰나적으로 형용할 수 없는 광채가 폭사되었다. 그것은 살기였다.

독안노인은 냉한성의 눈빛과 마주치자 짐짓 위축되는 기분을 느꼈다.

'어린놈의 살기가 가공하구나. 이놈을 여기서 못 죽이면 나중에 죽는 것은 내가 될 것이다.'

"당신들은 과연 그 제자놈에 그 사부들이로군요."

조롱하듯 내뱉는 냉한성의 입가에 한 가닥 악마 같은 미소가 피어올랐다.

"닥쳐라! 방자한 꼬마놈!"

독안노인이 대노하며 재차 손을 휘둘렀다.

슈우우웅.

그의 이번 공세에는 팔 성의 공력이 담겨 있어 능히 태산이라도 갈아엎을 기세였다.

그가 손을 흔들었다 싶은 순간 이미 냉한성의 시야는 온통 현란한 핏빛 손 그림자로 뒤덮였다. 그러나 뜻밖에도 당연히 들렸어야 할 냉한성의 비명소리는 들리지 않았다.

냉한성은 어느새 절세의 보법인 현천기환보를 시전하여 멋지게 허공을 가로지르고 있었다.

휙휙휙……!

냉한성의 몸놀림은 일견 느린 듯하면서도 그 신묘함이 극에 달한 것이어서 독안노인을 일순 당황케 했다.

그러나 현천기환보가 그 아무리 절세의 보법이라 해도 독안노인은 금방 허점을 발견 할 수가 있었다. 그것은 현천기환보의 결함이 아니라 시전자가 보법에 숙달되지 않아 생긴 허점이었다.

"흐흐흐! 꼬마놈 재롱은 여기까지다!"

독안노인은 잔인한 살소를 뿌리더니 쌍장을 합쳤다가 괴이

한 각도로 기쾌하게 뿌려댔다.

파스스스스!

섬칫한 기음이 울려 퍼지는 가운데 검기(劍氣)같이 예리한 묵광(墨光)이 수백 수천 갈래로 사위를 뒤덮었다. 그러나 그 것은 실질적인 위력이 없는 허초(虛招)였다.

냉한성이 눈에 보이는 가공할 기세에 멈칫거리는 순간 독안노인의 폭갈이 터졌다.

"가거라!"

동시에 그의 우수에서 가공할 묵염(墨炎)이 폭출 되었다.

"혁!"

냉한성의 입에서 다급성이 튀어나왔다. 그러면서도 그의 신형은 무의식중에도 빙글 회전해 독안노인의 가공할 공세를 명문혈을 통해 흡수해 버렸다.

독안노인의 공세가 비록 가공무쌍한 것이었으나 결코 현천기환보의 신묘한 위력을 삭감시킬 수는 없었다. 그러나 문제는 다음에 있었다.

너무나도 엄청난 독안노인의 내력이 냉한성에게로 한꺼번에 흡수됨에 따라, 독안노인보다 내공수위가 현저히 떨어지는 냉한성의 내부에 강한 충격이 온 것이다.

이것이 현천기환보의 유일한 약점이었다.

"우웃!"

냉한성의 몸이 그 충격을 감당하지 못해 한 차례 휘청했다. 따라서 그의 동작도 잠시 멈칫거렸다.

노련한 독안노인은 그 순간을 놓치지 않았다.

"크하하하!"

독안노인이 득의의 광소를 터뜨리며 오른손을 폭발시키듯 내뻗었다.

우르릉~!

웅장한 뇌음(雷音)과 함께 가공할 광풍(狂風)이 장내를 휩쓸었다.

"으~악!"

냉한성의 몸은 피 화살을 뿜으면서 폭우 속으로 높이 솟구쳤다. 마치 회오리에 휩싸인 듯 저만치 날아가는 냉한성을 향해 독안노인의 오른손이 쭉 뻗어졌다.

"크흐흐흐……."

독안노인은 재차 섬뜩한 살소를 뿌려대며 허공에서 떨어지는 냉한성을 향해 또다시 강맹한 장력을 격출 시켰다.

꽈앙!

비명도 없었다.

아니, 이미 극강한 장력에 오장육부가 박살난 냉한성이었기에 한마디 신음조차 내뱉지 못한 채 지푸라기처럼 날아간 것이다.

퍽!

둔탁한 음향과 함께 냉한성이 걸레 조각 마냥 비가 고인 웅덩이에 처박혔다.

형체를 거의 알아볼 수 없을 만큼 한 덩이 육괴(肉塊)로 짓뭉개진 채 웅덩이에 처박혔다. 실로 눈 깜짝할 사이에 벌어진 너무도 참혹한 광경이었다.

"음……!"

흑삼노인마저도 그 참혹한 광경에 미간을 찌푸렸다.

독안노인은 극히 무심한 시선으로 냉한성의 시신을 잠시 굽어보다가 억양 없는 어조로 내뱉었다.

"돌아가지. 너무 시간이 지체됐군."

그는 말을 마친 후 아직도 진흙탕 속에서 멍하니 냉한성의 시신만 쳐다보고 있는 석천영을 가볍게 들어 올려 옆구리에 끼었다.

휘익!

폭우 속을 뚫은 그의 신형은 곧 시야에서 사라졌다.

흑삼노인은 냉한성의 시신에서 천천히 눈길을 돌려 쏟아지는 폭우 속을 헤치고 밤하늘을 바라보았다. 그의 눈에는 일순간 형용키 어려운 고통의 빛이 내비쳤다.

"휴우, 저 철모르는 어린 아이에게까지 살수를 펼쳐야만 했단 말인가! 이제 우리 천지쌍마(天地雙魔)도 폐물이 다 됐구나!"

침중한 탄식을 흘리고는 그의 신형도 천천히 폭우 속으로 묻혀갔다.

흑삼노인과 독안노인은 천지쌍마라 불리는 인물이었다.

그들은 오십 년 전 신강(新疆)과 절강성(折江省) 일대를 장악해 죽음의 신으로 군림했던 공포의 마두(魔頭)들이었다.

구유천마(九幽天魔) 위령(偉靈)과 지살신마(地煞神魔) 염백천(染白阡)!

그들은 절세의 무공과 악독한 심기(心氣)로 전 중원을 피의 구렁텅이로 몰아넣었던 장본인들이다.

천지쌍마가 함께 펼치는 장공(掌功)은 가히 천하무적을 구가했다. 이 저주의 장공을 이름하여 아수라혈천마황공(阿修羅血天魔皇功)이라 불렀다.

삼십 년 전, 그들의 만행을 참지 못한 정도 무림인들의 추격에 의해 그들은 급기야 천외마부로 꼬리를 감추기에 이르렀다.

한 번 들어가면 절대로 다시 나올 수 없는 공포의 마역이 천외마부인 것이다.

헌데, 그들이 뜻밖에도 버젓이 강호상에 모습을 드러냈으니…… 과연 그들은 어떻게 천외마부를 벗어날 수 있었을까?

더구나 냉한성을 이토록 처참히 죽여야만 했던 이유는 무엇일까?

의문, 중대한 의문이 아닐 수 없다.

02

쏴아아아~

무정(無情)한 폭우는 여전히 거칠게 대지를 후려쳤다.

참혹하게 흙탕물에 처박혀 있는 가엾은 영혼 냉한성을 애도하기 위해 내리는 폭우일지도 몰랐다.

죽음이란 이렇듯 허무하거늘 누가 하나 울어 줄 사람 없는 냉한성은 이대로 죽고 말아야 하는가? 그렇다면 진정 그의 죽음은 개죽음이란 표현밖에 못 할 것이다.

시간이 차츰 지남에 따라 그토록 거세게 내리던 폭우도 조금씩 멈춰갔다. 그렇게 얼마나 시간이 지났는지 모른다.

한순간 냉한성의 몸에서 놀라운, 아니 믿어지지 않는 일이 벌어졌다.

냉한성의 몸에서 찬란한 금황색 서기가 뻗치기 시작했다. 그러더니 시간이 조금씩 지남에 따라 점차 눈이 멀어 버릴 듯한 찬연한 광채가 뿜어져 나왔다.

눈으로 보지 않고는 실로 믿을 수 없는 일이었다.

이때 야천(夜天)을 솟구쳐 마치 유성(流星)처럼 냉한성의 곁에 하나의 인영이 내리꽂혔다. 금방이라도 핏물이 뚝뚝 떨어질 것 같은 적포(赤袍)를 무릎까지 길게 늘어뜨린 괴인영이었다.

회백색의 눈썹과 머리카락, 눈빛은 무심했으며 안색은 극히 창백했다. 그의 일신에서 인간의 것이라고는 볼 수 없는 가히 태산(泰山)과 같은 위엄이 배어 나왔다.

이때 냉한성의 몸은 완전히 금황색 서기로 휩싸였다. 이어 죽은 줄로만 알았던 그의 몸이 조금씩 꿈틀거리기 시작했다.

순간 적포인의 눈에 기광이 번뜩였다.

"음, 취기수예대법! 바로 이 아이였군!"

적포인은 신음하듯 중얼거리며 냉한성의 몸에서 일어나고 있는 변화를 유심히 지켜보았다.

점차 냉한성의 전신을 감싸고 있는 금황색 서기는 그 눈부심이 절정에 달하고 있었다. 그리고 그 광채가 점차 희미해지는 것과 때를 같이하여 냉한성의 전신이 부르르 거센 경련을 일으켰다.

"으~ 으~~~."

냉한성은 거짓말 같게도 옅은 신음을 내뱉으며 천천히 몸을 일으키려 했다.

기적 같은 일이 벌어진 것이다. 대라신선이 와도 살릴 수 없을 것 같았던 냉한성이, 피떡이 되어 흙탕물에 처박혀 있던 그가 다시 살아난 것이다. 그러나 결코 이것은 기적이 아니었다.

취기수예대법의 신묘한 효능인 것이다.

한줌의 진기만 남아 있어도 내부의 상처를 스스로 치료하여 회생하는 전설의 불문개정대법 그것이 취기수예대법이다.

지금 냉한성은 취기수예대법의 무한한 효능으로 다시 살아나고 있었다.

"으~ 으으~~, 내가 죽지 않았다니? 흐흐흐!"

냉한성의 입에서 거의 울음소리에 가까운 괴이한 웃음이 흘러나왔다.

"죽을 수 없지. 이대로는 억울해서 나는 살아야해."

그는 일어나기 위해 안간힘을 썼다. 그러나 그것은 그의 의지(意志)뿐 아직도 그의 내상은 너무도 엄중했다.

툭툭!

차가운 빗방울이 냉한성의 엷은 얼굴 위로 떨어졌다.

"살아야 한다. 복수를 위해……."

냉한성이 살기 위해 손을 허우적거릴 때 그의 눈가에 언뜻 무엇인가가 비쳤다. 그는 곧 적포를 입은 사람이라는 것을 알아챘다.

'누군가, 이 사람은……?'

적포인은 천천히 냉한성에게 다가갔다.

두 사람의 눈길이 마주쳤다. 눈만 마주쳤을 뿐 누구도 먼저 입을 열지 않았다. 그러나 적포인의 무심한 한 쌍의 눈은 냉한성에게 분명 수많은 말을 전달하고 있었다.

문득, 적포인의 회백색 눈썹이 가늘게 경련을 일으켰다.

"불쌍한 놈! 그래, 이제 모든 것이 끝났다."

조용히 읊조린 적포인의 주름진 주먹이 부르르 떨렸다.

"나 혈해마존(血海魔尊)! 이제 너에게 나의 모든 것과 강호(江湖)를 주겠다."

순간 냉한성의 몽롱한 눈에서 강렬한 광채가 피어올랐다.

'혈해마존의 모든 것과 강호를……?'

그의 입술이 달싹였다. 그것뿐이었다. 그의 생각은 미처 소리로 되어 나오진 못했다.

털썩!

냉한성은 무너지듯 거꾸러졌다. 그리고는 서서히 의식을 잃었다.

적포인은 쓰러진 냉한성 앞에 천천히 한쪽 무릎을 꿇었다.

"아이야, 네 운명을 원망치 말아라! 피에 덮인 중원……. 너는 중원 최후의 날을 막을 단 하나의 절대구성(絕代求星)이란다."

말을 마친 그는 냉한성을 두 팔로 조심스럽게 받쳐 들었다.

쏴아아아~~~!

다시 폭우가 쏟아졌다.

적포인은 냉한성을 안고 쏟아지는 폭우 속을 느릿하게 걸어갔다.

혈해마존! 그 엄청난 명호만을 남긴 채 그는 냉한성과 기약할 수 없는 내일을 그리며 떠나갔다.

한 쌍의 육장(肉掌)으로 중원의 반을 차지한 위대한 사나이, 그가 바로 사도무림(邪道武林)의 하늘 혈해마존 제갈월문(諸葛月門)이다.

이 이름은 사도무림에 있어 곧 신명으로 통하고 있었다.

당금 무림에서 네 개의 하늘로 불리는 중원사천의 일 인이며, 동시에 사도대종사(邪道大宗師)라는 지고(至高)한 신분을 가진 사도무림의 제일고수다.

혈해마존의 모습은 이내 폭우 속에 가려져 보이지 않았다.

그도 천하제일광 뇌강후와 무무승과 같이 끝없는 의문만을 남긴 채 떠나버린 것이다. 단지 그들과 혈해마존이 다른 점이 있다면 혈해마존은 냉한성과 같이 떠난 점이다.

차례로 냉한성을 찾아온 의문의 방문객 삼 인은 과연 어떤 비사(秘事)를 안고 있는 것일까?

폭우는 더욱 거세게 내리 퍼부었다.

폭우가 내리는 이 밤도 신비와 의문만을 남긴 채 그렇게 깊어만 갔다.

03

이 세상에 단 하나 멈추지 않는 것이 있다면 세월일 것이다. 그래서 사람들은 흔히 세월무상(歲月無常)이라는 말을 쓴다.

세월은 모든 것을 포용한 채 말없이 칠 년(七年)이라는 시간이 흘렀다.

천변만화(千變萬花)한 풍운과 군패활극(群覇活劇)의 격랑(激浪)이 끝없이 윤회(輪廻)되어 온 비정의 세계가 무림이다. 그러나 현 무림은 전례에 없는 평화로운 나날을 보내고 있었다.

한시도 혈풍(血風) 잘 날이 없었던 무림이었기에 그 평화는 더욱 값진 것이었다.

폭풍전야의 고요함이랄까? 무림인들은 계속되는 평화에 조금씩 불안감을 갖기 시작했다.

오랜 평화 뒤에는 더 큰 혈풍이, 더욱 무서운 마(魔)의 바람이 몰아 칠 것임을 익히 아는 그들이었다. 그것은 그들의 본능적인 예감이었다.

그리고 마침내, 그들이 우려하던 일이 냉혹한 현실로 밀어 닥치고 있었다.

04

수천 년 피의 역사를 묵묵히 침묵으로 관조해 온 역사의 고도(古都) 낙양(落陽).

당금 무림의 시선은 낙양, 이 한 곳으로 집중되어 있었다.

천하막여난사해(天下莫如萬事解)!

— 천하의 모든 문제를 해결해 준다!

어느 날 홀연히 낙양 한복판에 금색 깃발이 세워졌다.

그 깃발에는 이토록 광오한 일곱 글자가 뚜렷하게 쓰여 있었다.

스스로를 강호제일의 해결사로 자처하며 홀연히 무림에 뛰어든 자는 정체를 알 수 없는 신비인(神秘人)이었다. 그는 낙양 한복판에 황천루(黃泉樓)와 만해루(萬解樓)라는 두 개의 거대한 누각(樓閣)을 세우고 본격적인 해결사로 업무를 개시했다.

두 개의 누각은 건립되자마자 전 강호에 일대 파란을 일으켰다.

황천루(黃泉樓).

〈원수의 피를 탄 술을 마시고 원수의 살로 만든 음식을 먹

게 해 준다.〉

황천루 입구에 있는 거대한 팻말에 쓰여진 글귀다.

이곳은 글자 그대로 원수에게 억울한 해를 입고도 능력이 없어 복수하지 못하는 사람들을 위해 대신 복수해 주는 곳이다.

피의 대가는 반드시 피로 갚는다!

이것이 바로 황천루의 해결 방식이었다.

만해루(萬解樓).

이곳 입구에도 역시 거대한 팻말이 세워져 있다.

〈자신이 해결할 수 없는 모든 일, 오직 원한을 제외한 어떠한 일이든 해결해 준다.〉

이곳은 원한을 제외한 모든 일을 해결해 주는 곳이다.

자신이 해결하지 못할 괴이한 사건이나 부채(負債), 심지어는 개인적인 잡사(雜事)에 이르기까지, 그야말로 만사(萬事)를 형통(亨通)하게 해준다는 신비의 주루였다.

두 개의 누각은 고요하던 강호에 때 아닌 돌풍을 몰고 왔다.

무림인들의 눈은 당연히 이곳으로 집중되었다.

황천루와 만해루를 세운 신비인은 누구란 말인가? 왜 그는 이런 기행을 벌이는가? 천하의 모든 문제를 해결해 준다는 그의 광언은 과연 지켜질 것인가?

수많은 의혹이 구름처럼 피어올랐으나 어느 것 하나도 시
원하게 풀린 것이 없었다.

제6장

그가 돌아오다!

01

중천(中天)에 걸린 태양이 화염을 토하는 정오(正午) 무렵, 하락현 마을이 한눈에 굽어보이는 언덕 위에 한 청년이 우뚝 서 있었다. 이제 이십 세쯤 되어 보이는 청년은 칠흑같이 검은 흑의장삼(黑衣長衫)을 입고 있었다.

흑의장삼은 약간 창백한 안색의 청년을 한층 뛰어나 보이게 만들었다. 어깨까지 늘어진 머리카락은 역시 흑색 띠로 묶어 단정하게 어깨 뒤로 넘겼다.

관옥 같은 얼굴과 단정한 몸가짐. 이 모든 것이 청년을 돋보이게 했지만 가장 그를 돋보이게 한 것은 늪처럼 깊게 갈무리된 눈이었다.

거의 무(無)에 가까울 절대무심(絕代無心)의 눈빛, 그러면서도 사람의 심혼(心魂)을 빨아들이는 듯한 마력(魔力)의 시선……. 눈 하나만으로도 가히 살인적인 매력을 뿜어냈다.

문득 흑삼청년의 입에서 심유한 탄식이 흘러나왔다.

"칠 년(七年), 어느덧 칠 년이 흘렀구나!"

휘이이잉~!

산의 동쪽에서 불어오는 습한 바람이 청년의 흑삼자락을 사납게 펄럭였다.

"긴 세월이었다. 하지만 난 이 마을을 언제나 잊지 못했지."

청년의 무심한 눈동자에 진한 우수의 빛이 담겼다.

"아무 것도 변한 게 없어."

흑삼청년은 칠 년 전 폭우가 내리던 밤 혈해마존에게 안겨 이곳을 떠난 냉한성이었다. 그가 칠 년만에 다시 하락현으로 돌아온 것이다.

몸서리쳐지도록 추운 겨울날, 한 덩이의 식은 밥을 얻기 위해 시퍼렇게 얼은 손으로 흙을 파야했던 소년.

단지 고아라는 이유 하나 때문에 온갖 냉대와 멸시 속에 분투를 홀로 삼켜야 했던 소년.

그러나 밟아도 밟아도 더욱 억세게 자라나는 잡초처럼 강인했던 소년이 이토록 늠름한 대장부가 되어 마침내 돌아온 것이다.

냉한성이 가슴에 피어오르는 감회를 만끽하고 있을 때였다.

스스스~

냉한성의 전면 허공에 한 덩이 흐릿한 운무(雲霧)가 피어올랐다.

그와 함께 운무 속에서 나직하고 공손한 음성이 흘러나왔다.

"속하! 다녀왔습니다."

"있던가?"

냉한성은 여전히 하락현 마을에 시선을 고정시킨 채 짤막히 물었다.

"없었습니다."

냉한성은 이미 짐작하고 있었다는 듯 묵묵히 고개를 끄덕였다.

그의 눈가에 언뜻 실망의 빛이 스쳤다.

운무 속의 음성이 다시 이어졌다.

"속하가 탐문한 바에 의하면 석천영은 일 년 전에 하락현을 떠났습니다. 그리고 진하령 그녀도 남편인 석천영과 함께 떠났다고 합니다."

순간 냉한성의 날카로운 검미가 위로 치켜 올라왔다.

"석천영이 남편이라고?"

"예! 그들은 이 년 전에 혼례를 올렸다고 합니다."

냉한성의 얼굴은 어느새 특유의 무정한 표정으로 되돌아와 있었다. 그러나 그의 머릿속은 진하령에 대한 생각 하나만으로도 터질 것만 같았다.

냉한성의 어린 시절, 삶의 전부나 마찬가지였던 소녀 진하령.

이 다음에 커서 냉한성의 색시가 되겠다고 수줍게 속삭이던 소녀 진하령이 자신이 아닌 다른 남자의 아내가 된 것이다. 그것도 냉한성의 철천지원수인 석천영의 아내가 된 것이다!

냉한성의 입가에 가는 경련이 일어났다.

'그랬군. 결국은 칠 년이라는 세월은 한 사람을 기다리기에는 너무도 긴 세월이었어.'

냉한성은 뒷짐을 진 채 고개를 들어 하늘을 바라보았다. 여름의 따가운 햇살들이 그의 눈에 쏟아져 내렸다.

'그러나 하령, 난 너를 원망하지 않는다. 기억해 주려무나. 아직도 내 가슴에 피어 있는 꽃은 너 하나 뿐임을……. 영원히 시들지 않는 꽃으로 언제까지나 내 마음에 남아 있음을…….'

냉한성은 태양에 눈이 부셨는지 두 눈을 내리감았다.

그런데 그 때였다.

두두두두두~!

언덕 너머로부터 한 대의 마차(馬車)가 질주해 왔다.

잡털 하나 섞이지 않은 여덟 필의 순백(純白)의 백설총(白雪聰)들이 이끄는 화려한 마차였다.

마차의 휘황찬란함이란, 그것은 차라리 하나의 움직이는 궁전(宮殿)과도 같았다. 마부석만 보아도 이 마차가 얼마나 화려한지 알 수 있었다.

양광(陽光)을 막는 차양(遮陽)은 천년금우조(千年禽羽鳥)의 깃털로 정묘하게 만든 어풍폐일선(御風閉一線)이었으며, 황진을 막아주는 투명한 옥정천잠사(玉精天潛絲)가 마부석 주위에 주렴처럼 늘어져 있었다.

그뿐이 아니었다.

마부석의 의자는 묵옥청련석(墨玉靑練石)의 좌대(座垈) 위에 용봉(龍鳳)을 금실로 수놓은 호화 보료였고, 곳곳에 주먹만한 보옥(寶玉)들이 박혀 휘황한 광채를 발하고 있었다.

그 호화 보료 위에 앉아 능란한 솜씨로 마차를 몰고 있는 금색 궁장 옷을 입은 소녀의 용모는 가히 화용월태(花容月態) 그 자체였다.

그 찬란한 보석들이 그녀의 용모에 일순 빛을 잃을 정도였다.

그러나 무엇보다도 놀라운 것은 마차의 크기였다.

마차의 동체(同體)는 보통 마차보다 거의 세 배나 컸으며, 전체가 천하에서 가장 가볍고 탄탄하다는 백유금종석(白乳金鐘石)으로 만든 것이었다.

모르긴 해도, 현 황제(皇帝)라 해도 이처럼 호화스러운 마차는 구경조차도 못했을 것이다.

이윽고 호화찬란한 팔두마차는 서서히 속력을 줄이더니 곧 멈추었다.

바로 냉한성이 서 있는 곳에서 얼마 떨어지지 않은 지점이었다.

냉한성은 그 마차에 아무런 관심이 없는 듯 등을 돌린 채 석상처럼 굳어 있을 뿐이다. 이때 마차의 양쪽 문이 열리며 안으로부터 두 명의 여인이 걸어 나왔다.

그들은 화사한 취의궁장 차림이었는데 용모는 마부석의 금의궁장 소녀 못지않은 절색(絕色)이었다.

두 여인은 냉한성의 훤칠한 뒷모습을 잠시 바라보다가 서로 의미 모를 눈짓을 교환했다.

이어 오른쪽의 취의여인이 조심스럽게 냉한성 곁으로 다가가 공손히 입을 열었다.

"소주(少主), 돌아가실 시간이 지났습니다."

"알고 있다."

냉한성이 짤막하게 대답을 했다.

냉한성이 등을 돌린 것은 그로부터 꽤 오랜 시간이 지난 후였다. 그는 무심한 눈으로 단정히 시립해 있는 두 취의여인을 잠시 바라보다가 천천히 마차를 향해 걸음을 옮겼다.

두 취의여인은 공손히 냉한성의 뒤를 따랐다.

마차에 막 오르려던 냉한성이 걸음을 멈추며 나직하게 물었다.

"사령(邪靈)! 너는 누군가를 그리워해 본 적이 있느냐?"

밑도 끝도 없는 물음에 두 취의여인은 의혹이 가득 서린 눈으로 냉한성을 바라보았다. 그러자 대답이 곧 들려왔다.

그것은 운무마저 말끔히 걷혀진 허공에서 들려 온 것이었다.

"없습니다."

단정 짓는 듯한 음성이 짤막하게 들렸다.

냉한성은 쓸쓸히 웃었다.

"그래? 그럼 자네와 술잔을 나누기는 틀렸군."

냉한성은 잠시 머뭇거리더니 다시 말을 이었다.

"그리운 얼굴을 가슴에 담고 있는 사람만이 술의 참맛을 아는 법이지."

냉한성의 이 말은 거의 독백에 가까운 것이었다.

그는 아쉬운 눈빛으로 두 취의여인을 바라보았다. 아니 정확히 말하자면 두 여인의 어깨 너머로 내려다보이는 하락현 마을을 마지막으로 굽어본 것이다.

마치 자신의 뇌리에 영원히 기억해 두려는 듯 오랫동안 바라보았다.

'하령, 어느 하늘 아래 있는지는 몰라도 항상 행복해라. 만약 네가 불행해 진다면 난……'

냉한성은 길게 한숨을 내쉰 후 마차에 올랐다.

"돌아가자!"

그제야 두 취의여인도 황급히 상념에서 깨어나 그의 뒤를 따랐다.

탁!

마차는 문이 닫힘과 동시에 미끄러지듯 움직였다.

그리고 뿌연 황진(黃塵)만을 남긴 채 일출구(日出丘)를 떠났다.

02

현 무림에서 최대의 파란을 몰고 온 공포와 신비의 주루 황천루.

석양이 질 무렵, 잔뜩 찌푸린 하늘을 등진 거대한 황천루 앞에 홀연히 하나의 인영이 나타났다.

짙은 회의(灰衣)를 걸친 중년의 사내였다. 그는 원독에 찬 가득한 눈길로 황천루 입구에 세워진 팻말을 응시했다.

〈원수의 피를 탄 술을 마시고 원수의 살로 만든 음식을 먹게 해준다.〉

그는 핏발 선 눈으로 팻말을 한동안 바라보다가 거칠게 황천루의 문을 밀치고 들어갔다.

돌연 그 중년 사내는 입구에 들어서자마자 그만 안색이 새하얗게 질려버렸다.

“으으! 머리가……."

임자 잃은 사람의 머리들이 그가 들어선 입구 맞은편 선반 위에 가지런히 놓여 있었다.

머리의 수는 대략 삼십 개가 넘어 보였다. 삼십여 개의 머리들이 혀를 빼물거나 퉁방울처럼 눈을 부릅뜨고 있는 광경은 실로 한 폭의 지옥도(地獄圖)를 연상케 했다.

“으으……!"

회의 중년인은 이 끔찍스러운 형상에 진저리를 치며 괴상한 신음을 흘렸다. 그러나 그는 단지 머리 때문에 놀란 것은 아니었다.

끔찍한 머리와 함께 주루 전체를 덮고 있는 섬칫하고도 소름끼치는 분위기에 압도된 것이다. 실로 황천루 전체는 형용키 어려운 어떤 괴이한 분위기로 가득 차 있었다.

회의 중년인은 잠시 그 자리에 얼어붙은 듯 굳어 있다가 천천히 한 탁자 앞에 주저앉았다.

순간 섬칫한 기음과 함께 한 사람이 흐릿하게 모습을 드러냈다.

스스슷~

그의 신법은 유령과도 같아 회의 중년인은 그가 어느 쪽에서 나타났는지 전혀 알 수 없었다.

나타난 인영은 음식집 어디에서나 볼 수 있는 점소이 복장을 하고 있었다.

그러나 그의 모습은 마치 탁탑천왕(濁塔天王)을 방불케 했다.

칠 척의 거구에 불을 뿜는 듯한 한 쌍의 고리 눈, 그리고 턱 전체가 시커먼 구레나룻으로 뒤덮여 있어 상대로 하여금 절로 위축감을 느끼게 했다.

회의 중년인은 놀란 눈으로 그를 바라보다가 발작적으로 입을 열었다.

"술, 술을 주시오!"

구레나룻의 거한은 묵묵히 그를 굽어보더니 나직이 입을 열었다.

"너는 본루(本樓)의 규칙도 모르고 여길 왔는가?"

회의 중년인은 의혹에 찬 눈으로 그를 올려다보았다.

그러자 구레나룻의 거한이 아이를 타이르는 듯한 어조로 말을 이었다.

"본루에서는 원수를 갚아 준 후에만 술을 판다. 물론 원수의 피를 탄 술이지."

"그, 그렇소이까?"

"그래. 너는 무슨 원한이 있어 여길 찾아왔느냐?"

회의 중년인은 거한의 말이 떨어지기가 무섭게 부르르 전신에 경련을 일으켰다. 이어, 뿌드득 이를 갈아붙이며 울부짖듯 외쳤다.

"그놈, 그놈을 죽여주시오! 그놈만 죽여준다면 대가는 얼마든지, 무엇이든지 드리겠소. 우흐흐흐."

그는 말끝에 머리를 탁자에 짓이기며 처절한 오열을 토해냈다.

원한이 얼마나 깊으면 그런 행동을 보이는 것일까?

몸부림치는 회의 중년인의 모습을 주시하던 구레나룻의 거한은 위엄 있게 말했다.

"원수의 이름과 사연을 말해라!"

잠시, 어느 정도 격정을 가라앉힌 회의 중년인이 긴 한숨과 함께 털어놓은 사연은 이러하였다.

회의 중년인의 이름은 전삼(田三)이었다.

그는 그날도 술에 곤드레가 되어 집으로 들어왔다. 여지껏 맑은 정신으로 집에 들어온 적이 없는 그였다. 원래 그는 착실했기 때문에 행복한 가정을 가지고 있었다. 그러나 칠 개월 전 이 행복한 가정이 그의 아내 한 사람으로 인해 생지옥으로 변해 버렸다.

그의 아내의 미모는 보는 이로 하여금 넋을 잃게 할 만큼 아름답고 요염했다.

전삼은 다른 남자들이 그의 아내를 바라볼 때 모두 탐욕이 가득한 눈으로 쳐다보는 것을 진작부터 알고 있었다.

누가 자신의 아내를 그런 눈으로 바라보는 것을 좋게 생각하겠는가?

전삼 역시 마찬가지로 그런 사내들을 볼 때마다 그들의 눈알을 당장이라도 뽑아버리고 싶은 심정이었다.

그러나 정작 기분 나빠해야 할 전삼의 아내 입에서는 진정 기절초풍할 말이 나왔다.

"난, 상관없어요. 오히려 그것이 더 즐거워요."

놀랍게도 많은 사내들이 자신을 그렇게 쳐다보는 것이 즐겁다는 것이다. 전삼은 아내가 자기에게 시집을 오기 전부터 많은 남자를 겪은 것을 알고 있었다.

그들이 화촉동방을 밝히던 날, 그는 화가 치밀어 하마터면 그녀를 목 졸라 죽일 뻔했다.

왜냐하면 그녀는 그 첫날밤에도 수줍어하기는커녕 온갖 괴성을 내지르며 만족을 얻기 위해 미친 듯이 발광을 했던 것이다.

이런 그녀가 지금 집에 없는 것이다. 아마도 그녀는 지금 그 녀석과 함께 홀라당 벗은 채로 뒹굴고 있을 것이다.

전삼은 대청으로 뛰어 들어가다 다시 술을 찾아 문 입구에 번듯이 누워, 쉬지 않고 목구멍에 술을 부어댔다.

그는 아내가 돌아올 때까지 술잔을 놓지 않을 것이다.

삼경 무렵, 전삼의 아내 주연(朱燕)은 어느 사이에 나타났는지 바로 전삼의 앞에 서서 남편을 내려다보고 있었다. 남편을 내려다보는 그녀의 두 눈에는 경멸의 빛이 가득 담겨져 있었다.

술에 만취한 전삼은 혀 꼬부라진 어조로 먼저 말했다.

"어 어딜 갔다 이제 왔소?"

그는 그녀의 입에서 어떤 대답이 나올 것이라는 사실을 뻔히 알면서도 물은 것이다.

주연의 눈동자에는 경멸의 빛이 더 한층 짙게 어렸다.

"사람을 찾으러 갔었어요."

전삼은 일어나려고 안간힘을 썼다.

"사람을 찾다니? 그게 누구요?"

그러자 주연은 안색 하나 변하지 않고 태연하게 대꾸했다.

"물론 조양(曹陽)이죠."

성 안에서 조양을 모르는 사람은 아마 한 사람도 없을 것이다.

그는 많은 재산을 가진 것은 물론 굉장한 무공을 겸비한 거물이었다. 그의 재산이 어느 정도인가 하면 성 안 어느 곳을 가도 조양의 땅을 밟지 않고는 갈 수가 없을 정도였다.

전삼의 얼굴에 가느다랗게 경련이 일어났다.

"조양? 당신은 무엇 하러 그를 찾아갔소?"

"그렇게도 알고 싶어요?"

그녀의 눈에서 돌연 사람의 간장을 녹일 듯한 요염한 빛이 쏟아졌다. 그러더니 방금 전의 격렬한 정사의 생각에 창백하던 얼굴에 한 가닥 불그스름한 홍조를 떠올렸다.

"그 사람도 술을 마시긴 하지만 당신 같지는 않아요. 설혹 술이 취해도 사내구실 하나만은 끝내주게 하는 남자예요."

이렇게 말하는 주연의 얼굴에는 정사의 여운을 즐기려는 빛이 역력했다.

전삼은 벌떡 일어나 다짜고짜 주연의 목을 조르며 찢어지는 목소리로 외쳤다.

"오늘 네년을 죽이고 말겠다."

주연은 반항은커녕 태연히 웃으며 전삼이 하는 대로 몸을 내맡겼다.

"흥! 마음대로 하세요. 내가 만만하니까 당신은 나만 죽이려 하는군요. 당신이 정말 사내라면 그 조양을 죽여 보세요!"

"으아악!"

전삼은 발악적인 괴음을 터뜨렸다.

실상 그는 조양을 죽일 용기가 없었다. 아니 정확히 말하자면 그를 죽일 만한 실력을 갖추지 못한 것이다. 이윽고 그의 손에서 급속도로 힘이 빠지기 시작했다.

주연은 차가운 냉소를 흘리며 전삼의 손을 홱 뿌리쳤다.

'그러면 그렇지. 네까짓 게 감히…….'

천천히 일어나 헝클어진 머리를 쓸어 올린 주연은 이어 냉랭하고 표독스러운 음성으로 쏘아붙였다.

"무능력한 작자 같으니! 나는 내일을 생각해서 일찍 잠을 자야하니 시끄럽게 굴지 마세요!"

그녀는 이내 홱 몸을 돌려 침실로 걸어 들어갔다. 그리고는 한마디 더 쏘아 붙였다.

"당신이 조양을 죽이기 전에는 나는 매일 그 사람을 찾아갈 테니 그렇게 알고나 있어요."

뒤이어 전삼은 그녀가 침실의 문을 잠그는 소리를 들을 수 있었다.

"우흐흐흐흐~~~."

전삼은 머리털을 쥐어뜯으며 방바닥에 머리를 계속해서 박아댔다. 그러더니 갑자기 벌떡 일어나 미친 듯이 밖으로 뛰쳐 나갔다.

　제정신이 아닌 그는 단숨에 조양의 집으로 달려갔다. 그러나 결과는 불을 보듯 뻔한 것이었다.

　그는 조양의 얼굴은 구경조차 못하고 그의 수하들에 의해 전신이 너덜너덜해지도록 개처럼 얻어맞고 문전 밖으로 내팽겨 쳐졌다.

　그 후 전삼이 할 수 있는 일이란 자신의 무능력을 자책하며 개처럼 기어 집으로 가는 것뿐이었다. 그러나 그 와중에도 전삼은 문득 한 가지 사실을 떠올릴 수 있었다.

　'그렇다! 그곳에 가면 방법이 있을 것이다.'

　그제야 그는 어처구니없는 흐느낌을 멈출 수 있었다. 그곳 외에는 자신이 도움을 청할 곳은 한 군데도 없었다.

　전삼은 밤하늘을 쳐다보며 비통하게 부르짖었다.

　"황천루!"

　애기를 마친 전삼은 고통스런 기억에 눈물을 뚝뚝 흘렸다.

　시종 무표정하게 듣고 있던 구레나룻의 거한은 전삼의 얼굴을 정면으로 응시하며 또박또박 말했다.

　"너는 한 가지 사실을 명심해라. 만약 네놈의 말에 조금이라도 거짓이 섞여 있다면 죽는 것은 바로 네놈이 될 것이다."

　전삼은 비통하게 부르짖었다.

“조사해 보면 내 말이 거짓인지 아닌지 명확히 밝혀질 것이오!”

“알았다. 너는 이제 돌아가서 결과를 기다려라!”

전삼은 멈칫거리다가 조심스럽게 물었다.

“조양은 틀림없이 죽게 되는 것입니까?”

구레나룻의 거한은 가볍게 고개를 저었다.

“그는 죽지 않는다.”

“예?”

전삼의 눈이 휘둥그레졌다.

03

냉한성의 두 눈에 기오한 광채가 번뜩였다.

‘혈해마존(血海魔尊), 그분은 강호를 잃어버렸다. 그것을 다시 찾는 것이 내 첫 번째 일이다!’

혈해마존은 냉한성에게 자신의 모든 것과 강호를 주겠다고 약속했던 장본인이다.

냉한성의 얼굴은 무표정했으나 생각은 점점 더 깊어만 갔다.

‘나는 이미 중원사천 중 구천성모를 제외한 삼천(三天)의 모든 것을 지니고 있다. 당금 천하에는 나의 적수가 될 인물

은 한 명도 없다!'

광오한 말이었으나 그것은 분명 사실이었다.

당금 무림에서 네 개의 하늘로 불리는 절대초극고수 사 인(四人) 중원사천! 그들 중 삼천의 모든 것을 냉한성은 분명 지니고 있었다.

천하제일광 뇌강후, 사도제일종사 혈해마존, 무무승!

그들은 지난 칠 년간 자신들의 모든 것을 냉한성에게 전수해 주었다.

'천외마부! 세 분은 천외마부의 일을 나에게 부탁하셨다.'

냉한성의 무표정한 얼굴에 처음으로 엷은 긴장의 빛이 떠올랐다.

'천외마부의 음모…… 그것이 천하무림의 흥망과 밀접한 관계가 있다니? 천외마부, 과연 그것은 어디에 있으며 그곳에서 벌어지고 있는 음모는 무엇이란 말인가?'

냉한성은 차츰 전신에서 강렬한 열기가 솟구침을 느꼈다.

천외마부를 떠올릴 때면 그는 늘 알 수 없는 강한 열기에 전신이 불타오름을 느꼈다.

서서히 강렬한 광채로 물들어 가는 냉한성의 동공 위로 중원삼천과 헤어지던 날의 광경이 투영되었다.

제7장

지상 최고의 무공!

01

무산(巫山) 태청봉(太靑峯)!

광씨 칠 형제가 도를 닦다 신선(神仙)이 되었다는 전설이 스며 있듯이 이곳에 병풍처럼 늘어선 거암준봉과 기암절벽은 상상할 수도 없을 정도로 가팔랐다.

그 중의 한 곳, 절무애(絶霧崖)!

일검(一劍)에 양단된 듯 깎아지른 단애는 보는 것만으로도 위태롭다. 마치 칼날인 것처럼 절벽의 곳곳에 솟아난 송곳암벽은 보는 것만으로도 아찔할 지경이었다.

절무애의 한 허리, 뒤덮인 칡넝쿨로 은밀하게 가려진 동굴이 하나 있었다. 그곳은 면밀히 살펴보지 않으면 도저히 동굴이라고 가늠하기 힘들 정도였다.

동굴 안에는 왠지 초조해 보이는 세 명의 인물들이 마주보고 앉아 있었다.

숙연한 표정으로 침묵을 지키고 있는 그들은 천하제일광과 무무승, 그리고 혈해마존이었다.

동굴 안에는 무겁게 가라앉은 기운만 감돌고 있었다.

이때 천하제일광이 초조한 얼굴로 입을 열었다.

"땡초야! 녀석이 출관할 날짜가 임박했는데 과연 무사히 뚫고 나올 수 있을까?"

무무승은 잠시 침묵하고 있다가 상념에 찬 어조로 대꾸했다.

"우리의 기다림은 결코 헛되지 않을 것이다. 반드시 대공(大功)을 이루고 출관할 것을 확신한다."

천하제일광은 묵묵히 고개를 끄덕였다. 그래도 그의 얼굴에는 걱정스런 기색이 사라지지 않고 있었다.

시종 무거운 침묵으로 일관하고 있던 혈해마존이 나직이 입을 열었다.

"문제는 그 아이가 출관한 후의 일인데……, 그간 우리가 꾸준히 구해다 먹인 영약들 덕분에 그 아이의 체내에는 근 사갑자(四甲子)에 달하는 공력이 담겨져 있다. 허나 나의 생각으로는 아직도 모자란 느낌이다."

무무승도 동감이라는 듯 무겁게 고개를 끄덕였다.

"음……!"

천하제일광이 심각한 얼굴로 나직한 신음을 뱉어 냈다.

그들은 한동안 긴 침묵으로 일관했다.

일 다경(一茶頃)쯤의 시간이 지났을 때 먼저 침묵을 깬 것은 혈해마존이었다.

"한 가지 방법이 있다."

무무승과 천하제일광은 의혹어린 눈으로 혈해마존을 바라보았다. 혈해마존의 눈이 두 사람과 마주치자 일순 그의 눈에서 강렬한 광채가 뿜어져 나왔다.

"방법은 우리 세 명이 각기 오십 년씩의 공력을 희생하는 것이다."

"음……!"

무무승과 천하제일광은 동시에 얼굴이 굳어버렸다.

공력을 희생한다는 것은 무림인에게 있어서는 스스로 수명을 단축시키는 것과 다름없다.

그러나 천하제일광과 무무승의 얼굴이 굳어진 것은 결코 그런 이유 때문만은 아니었다. 어떤 또 다른 고뇌의 빛이 그들의 눈가에 그늘을 만든 것이다.

한참 후에야 천하제일광이 입을 열었다.

"녀석을 위해서라면 그까짓 오십 년의 공력이 아니라 백 년의 공력을 준다고 해도 아까울 게 없지. 그러나 우리가 해야 할 일 역시 비중이 적지 않은데 그놈에게 공력을 주면 과연 그 일을 이루어 낼 수 있을까?"

그는 혈해마존을 바라보았다.

천하제일광의 시선을 느끼자 혈해마존은 담담히 웃었다.

"자네의 말뜻은 모르는 바 아니지만 우리의 공력은 이백 년이 넘지 않는가? 그 아이에게 준 공력만큼 보충하면 문제는 간단하네."

천하제일광의 눈에 의혹이 서렸다.

"자네도 알다시피 내공을 쌓는 일은 단 시일 내에 되는 것이 아니네. 단 시일 내에 쌓을려면 영약이라도……?"

천하제일광은 말끝을 흐리며 혹시나 하고 혈해마존의 눈치를 살폈다.

이내 천하제일광의 직감은 현실로 나타났다.

"하하하! 마침 나에게 만년설삼(萬年雪蔘) 세 뿌리가 있네. 그것이면 우리의 공력은 반 이상 회복될 것이네. 그만하면 충분하지 않겠는가?"

천하제일광과 무무승의 눈가에 경이의 빛이 스쳤다.

"그랬었군!"

천하제일광은 탄식하듯 말했다.

"역시 자네는 예전이나 지금이나 마찬가지로 빈틈이 없군!"

혈해마존은 그의 말에 담담한 미소를 지었다.

'이제 그 아이의 공력이 칠 갑자(七甲子)에 이르겠군!'

칠 갑자의 내공! 단언컨데 무림 유사 이래 그런 천문학적인 공력을 지닌 인물은 채 열 명이 안 될 것이다.

바로 그때였다.

콰앙! 꽈르르릉……!

엄청난 대폭발음이 터지며 지축이 무섭게 요동쳤다.

중원삼천의 얼굴에 급박한 빛이 순간적으로 스쳐갔다.

"아! 저기를……!"

무무승이 동굴 입구를 가리키며 갑자기 탄성을 터뜨렸다. 나머지 두 사람도 황급히 동굴 입구를 향해 돌아섰다.

그곳에는 한 명의 괴인이 서 있었다.

괴인의 행색은 말이 아니었다.

머리는 봉두난발에 때에 절은 백삼, 밀납처럼 창백한 안색, 그러나 괴인의 두 눈만은 물처럼 고요한 가운데 눈부시도록 투명한 광채를 발하고 있어 바라보는 중원삼천은 눈이 부셨다.

"녀석!"

"해냈구나. 드디어 해냈어!"

누가 먼저랄 것도 없이 제각기 감동에 찬 말을 내뱉었다.

나타난 괴인은 바로 냉한성이었다.

냉한성은 격동에 몸을 떨고 있는 중원삼천을 응시하며 침착하게 말했다.

"세 분 사부님! 다행히도 세 분의 기대를 저버리지 않았습니다."

"이 녀석아!"

성질 급한 천하제일광이 갑자기 몸을 날려 냉한성을 힘차게 껴안았다.

"사부님……!"

냉한성을 포옹한 천하제일광의 눈가에 언뜻 물기가 내비쳤다.

언제였던가?

냉한성을 처음 만나던 날, 꼬마라고 불렀다고 대꾸도 안하던 고집과 오기로 똘똘 뭉친 소년이, 뼈만 남은 앙상한 체격에 유난히 커다란 눈망울을 가졌던 소년이었다.

그 커다란 눈망울엔 각박하고 비정한 세상에 대한 저주와 한(恨)만이 가득 담겨 있지 않았던가?

헌데 지금, 그 왜소한 체구의 소년은 이토록 늠름한 사나이가 되어 그의 가슴에 안겨 있는 것이다.

두 사람은 한동안 말을 잃고 감격에 젖어 있었다.

문득 냉한성이 나직이 중얼거렸다.

"사부님 여위셨군요. 저 때문에……."

천하제일광은 갑자기 커다란 대소를 터뜨렸다.

"으하하핫! 이놈아, 네가 너무 커진 것이다!"

그들이 마주본 채 웃자, 혈해마존도 무무승도 같이 웃었다.

붉어진 눈시울을 감추기 위해 그들은 더욱 크게 웃었다.

오 년 동안의 각고 끝에 냉한성은 중원삼천의 모든 것을 익히고 출관한 것이다.

그들의 눈만이 기쁨을 말해 줄 뿐, 모두 말이 없었다.

말을 할 줄 몰라서가 아니다. 이런 종류의 무언(無言)은 천 마디 말보다 가슴을 뜨겁게 하는 것을 아는 것이다.

얼마나 그렇게 있었을까?

무무승이 격정을 가라앉힌 차분한 어조로 입을 열었다.

"녀석! 너의 성취를 직접 보고 싶구나. 보여주겠느냐?"

냉한성은 방긋 웃었다.

"물론입니다."

그는 곧 자세를 바로 했다.

점차 냉한성의 몸 주위에 담담한 서기가 피어올랐다. 그와 동시에 그의 쌍수(雙手)가 앞으로 쭉 뻗쳐졌다.

"갈(喝)!"

순간 소리도 없이 두 줄기의 금광(金光)이 빛살처럼 뻗어나갔다.

두 줄기의 금광은 동굴 밖 오십 장 거리에 있는 커다란 암벽 중앙에 정확히 격중되었다.

그 뻗어나가는 위세로 보아 암벽은 여지없이 박살날 것만 같았다. 그러나 뜻밖의 결과가 나왔다. 암벽은 전혀 흔들림도 없이 무슨 일이 있었냐는 듯 처음과 다름없이 존재했다.

언뜻 중원삼천의 눈가에 이채가 번뜩였다.

바로 그때 직접 보지 않고는 믿지 못할 광경이 벌어졌다.

한 줄기 미풍이 암벽을 스쳐 갔다 싶은 순간 그 거대한 암벽은 마치 안개가 흩어지듯 스르르 형체가 없어지더니 순식간에 흔적도 없이 시야에서 사라진 것이 아닌가?

"아! 금강무혼(金剛無魂)!"

"으음……!"

중원삼천의 입에서 거의 동시에 묵직한 신음성이 터져 나왔다.

그 거대한 암벽이 순식간에 단순한 손동작 하나에 완전히 평지로 화해 버린 것이다.

이것을 진정 인간의 무공이라 할 수 있을까?

금강무혼(金剛無魂)!

서장(西藏) 최고의 밀종기공(密宗奇功)인 금강무혼은 발출될 때 아무런 파공성이 없다.

속도는 빛을 능가하는데, 가장 놀라운 것은 이 기공에 격중되면 표면상으로는 아무런 상처도 나지 않으나 전신 심맥과 오장육부가 내부에서 완전히 가루가 된 채 죽음을 당하는 것이다.

냉한성은 중인들의 놀란 표정에 아랑곳하지 않고 지체 없이 다른 자세를 취했다.

"마불대라수(魔佛大羅手)!"

그의 외침과 함께 양손이 춤을 추듯 허공에 난무했다.

슈슈슈슈슉!

잇따른 파공성이 허공을 갈랐다.

순식간에 냉한성의 전신은 완전한 손 그림자로 뒤덮여 보이지 않게 되었다.

그의 양손이 허공을 가를 때마다 뇌성(雷聲)과 같은 폭음이 진동했다.

우르르르릉!

그때마다 동굴은 금방이라도 무너져 내릴 듯 요란하게 흔들렸다.

"멸(滅)!"

일순 냉한성이 크게 외쳤다. 동시에 그의 신형이 팽이처럼 빠르게 회전하는가 싶더니 그대로 공중으로 가볍게 떠올랐다.

다음 순간 눈부신 속도로 회전하던 그의 신형이 섬전처럼 동굴 벽을 스쳐갔다.

팟~ 파파팟!

경미한 파공음이 잇달아 울려 퍼지자 어느새 동굴 안은 돌먼지로 가득 채워졌다.

동굴 안의 돌먼지가 걷히자 중원삼천은 너무 놀라 입을 다물지 못했다.

그가 스쳐 간 동굴 벽에는 정확히 삼천육백 개(三千六白個)의 장인(掌印)이 뚜렷하게 새겨 있었다.

더구나 그 삼천육백 개의 장인은 모두가 한 푼 깊이로 일정하게 찍혀져 있었다.

중원삼천은 이 경이적인 사실에 넋을 잃었다.

만약 냉한성이 일 성의 공력만 더 가했더라면 이 동굴 역시 평지로 변했을 것이다. 그 사실을 그들이 알았다면 아마 게거품을 물고 졸도하지 않았을까?

마불대라수(魔佛大羅手).

천축(天竺)의 마종밀공(魔宗密功)은 천하에서 가장 기괴하고 신랄한 무공이다.

상대로 하여금 전혀 방어할 틈도 주지 않는 쾌(快)를 위주로 한 패도기공이며 오 성 이상의 공력으로 이것을 시전하면 장인(掌印) 하나만으로 능히 상대를 먼지로 만들 수 있다.

그야말로 수천 명의 적이라도 일시에 격살시킬 수 있는 가공무비의 불세신공인 것이다.

냉한성이 세 번째로 시전한 것은 일초(一招) 삼식(三式)으로 이루어진 멸황천도류(滅荒天屠流)라는 검법이었다.

멸황천도류는 무림 개사 이래 전에도 없었고 후에도 없을 최강, 최고의 검법이다.

칠백 년 전, 정도무림과 천하마종(天下魔宗)까지 굴복시켜 화려한 사도무림천하의 장(章)을 열었던 사중사(邪中邪) 천도혈존(天屠血尊)이 남긴 혼세비학이다.

제 일식, 뇌전류(雷電流)!

세 줄기 뇌전의 검강(劍罡)이 검극(劍極)에서 뻗어나가 상대는 이마, 가슴, 단전의 세 부위가 동시에 뚫려 즉사한다.

제 이식, 극참류(極斬流)!

발출된 검기(劍氣)가 상대방의 혈도(穴道)를 파고들어 순식간에 전신혈맥을 헤집어 놓는다.

검기가 일단 발출되면 상대방은 이내 온몸이 폭발하여 흔적도 없이 사라지게 된다.

제 삼식, 천도류(天屠流)!

다수의 적을 상대하기 위해 고안한 이 검식에 일단 스치기만 해도 끔찍하게 죽는다.

전신이 구만구천 갈래로 거미줄처럼 찢겨져 넝마가 되어 죽어 간다.

냉한성은 중원삼천의 독문비공들에 이어 비교적 극강한 무공들만을 골라 시전했다.

반야다라미타대정공(般若多羅靡打大靜功)!

천하의 어떠한 강기(强氣)라도 막을 수 있는 천추불멸의 심법(心法)이며, 아울러 심법을 구결에 따라 운용하면 제마(制魔)의 극상경지에 이를 수 있는 불문 최대의 신공이다.

수라섬혼지(修羅閃魂指)!

상대의 팔만사천 모공 중 아무 곳이나 진기가 뚫고 들어가 온몸을 파열시킨다. 가장 큰 특징은 지법(指法)인 동시에 검강으로도 시전이 가능하다는 것이다.

환밀천변은형술(幻密天變隱形術)!

대막(大漠) 최고의 비전지학으로 전신을 자유자재로 축소, 또는 확대시킬 수 있다. 또한 어떠한 자연체(自然體)로도 몸을 숨기고 변형시킬 수 있다.

어기부운(馭氣浮雲)!

이것은 경공술로써 천하에서 가장 빠를 것이다.

일체의 파공성조차 내지 않고 빛살처럼 허공을 가르는 무림 최고의 경공술이다.

단천파황도 사식(斷天破荒刀四式)!

오백 년 전 천하제일도(天下第一刀)라 불리웠던 승천마도(昇天魔刀) 기유명(奇幽明)이 남긴 사식(四式)으로 된 절대쾌도식(絕代快刀式)이다.

제 일식, 섬운(閃云)!

이 도식을 시전하면 상대방은 도광(刀光)조차 보지 못한 채 죽어 간다.

단연코 이보다 더 빠른 도식은 없다.

제 이식, 명뢰(冥雷)!

도강을 위주로 한 절대무쌍의 도법으로 발도(拔刀)와 동시 삼백육십 방위로 도강이 뻗쳐 나간다.

제 삼식, 단천(斷天)!

이 도식을 펼치는 순간 천지는 일시 암흑에 휩싸인다.

상대방의 머리에서 허리까지 번갯불 형상의 도흔이 남는 것이 특징이다.

제 사식, 파황(破荒)!

단천파황도 사식 중에서도 가장 끔찍스러운 위력을 지닌 최고절초이다.

시전자의 몸이 허공으로 솟구치면 그의 전신은 찬란한 도강으로 휩싸인다. 그 후 시전자가 수직으로 내리꽂히면 바로 그 순간 전신을 휘감았던 도강이 삼백육십 줄기로 갈라져 지면에 폭사된다.

더욱 놀라운 것은 삼백육십 줄기의 도강이 상대방의 지척에 이르러 수천 갈래로 폭발하여 우박처럼 쏟아져 내리는 것이다.

이 도식은 그 위력이 극히 가공한 만큼 익히기도 어렵고 사 갑자 정도의 엄청난 공력이 있어야만 시전이 가능하다.

냉한성이 직접 시전한 것은 불과 몇 가지 였지만 그의 몸에 는 천하의 모든 무학이 총망라되어 있다 해도 과언이 아니었 다.

그는 천하제일광이 수집했던 방대한 무학을 모조리 익혔음 은 물론, 각 파의 진산절예를 비롯 각종 기관지학과 암기술까 지 빠짐없이 통달했다.

냉한성의 출관은 무림사상 전무후무한 절대무존(絶代武尊) 의 탄생의 서곡(序曲)이었다.

냉한성이 무공 시전을 끝마치자 중원삼천은 그가 성취한 대공에 한결 같이 기쁨의 빛을 감추지 못했다.

잠시 후 격동의 빛이 다소 가라앉자 혈해마존이 침중한 얼 굴로 입을 열었다.

"너의 대공을 진심으로 축하한다. 이제 네가 그토록 알고 싶어 하던 너의 출신 내력을 들려주마."

"예?"

냉한성은 화들짝 놀랐다.

'드디어 출신 내력을 알게 되는 구나!'

냉한성은 걷잡을 수 없는 흥분에 휩싸였다.

철들기 시작할 무렵부터 그 얼마나 알고 싶던 자신의 내력이었던가?

"너의 신분 내력에 앞서 먼저 천외마부에 얽힌 비사(秘事)를 들려주겠다."

"천외마부?"

냉한성은 내심 의문을 가졌다.

'벌써 몇 번째 듣는 말인지 모른다. 왜? 나란 명제가 나오면 천외마부가 따라 나오는 것일까?'

혈해마존의 말이 계속 이어졌다.

"백 년 전, 중원무림이 가장 혼란에 빠졌을 때 한 명의 천인(天人)이 중원에 출현했다. 그의 이름은 신도장홍이라 하고 중원에 영원한 평화를 주겠다고 광언을 터뜨렸지!"

"영원한 평화라……?"

냉한성은 낮게 읊조렸다.

"처음에는 누구도 그 말을 믿지 않았다. 그런데 정확히 십 년 후 그의 말은 정말로 실현되었지."

"아!"

냉한성이 짤막하게 감탄사를 터뜨렸다.

"그는 십 년 동안 중원의 모든 마두(魔頭)들을 잡아다가 한 곳에 가두었다. 천외마부! 그곳이 바로 천외마부다!"

또 한 번 천외마부라는 소리를 듣자 냉한성의 눈이 일순 빛났다.

'아! 그곳이 천외마부라는 곳이군. 이제 조금만 있으면 나와 천외마부의 관계를 알게 될 것이다.'

냉한성의 가슴이 기대감으로 두근거렸다.

그 순간 혈해마존의 눈에 긴장의 빛이 감돌았다.

"너는 바로 천외마부에서 태어났다!"

"헉!"

혈해마존의 사형선고 같은 말이 떨어지자 냉한성은 심장이 '쿵'하고 떨어지는 느낌이 왔다.

"내, 내가 천외마부에서……!"

냉한성의 몸이 눈에 띄게 흔들렸다.

불신과 경악으로 금방이라도 주저앉을 듯 후들거렸다.

'내, 내가 천외마부의 출신이라니! 믿지 못하겠다. 진정 내가 그곳 출신이란 말인가?'

형용할 수 없는 복잡한 감정들이 짧은 순간에 냉한성의 얼굴에 교차되었다. 거센 격동은 세찬 파도가 되어 그의 몸을 몇 번이고 후려쳤다. 그러나 그는 역시 냉한성이었다.

그 참기 어려운 충격을 어금니를 부서져라 악물며 꼿꼿이 신형을 세웠다. 그리고는 담담히 말했다.

"계속하십시오."

그의 음성은 무슨 일이 있었냐는 듯 태연했다.

그의 그런 모습을 지켜본 중원삼천의 얼굴에 언뜻 감탄의 빛이 떠올랐다.

'대단한 심지를 가진 녀석이군!'

혈해마존은 나직한 탄식과 함께 말을 이었다.

"이십 년 전, 핏덩이인 너를 안고 한 사람이 강호에 나타났다."

냉한성은 어느새 무서우리만큼 차가운 표정을 되찾고 있었다.

"그가 누굽니까?"

"단목성(丹木星)!"

"어떤 사람입니까?"

"그는 팔십 년 전 정도제일의 고수로 추앙 받았던 인물이다. 또한 내가 진심으로 존경했던 유일한 지기(知己)이기도 하지."

혈해마존의 말이 잠시 끊겼다 다시 이어졌다.

"그는 팔십 년 전 천외마부의 신비를 밝히러 간다는 말을 남기고 강호에서 홀연히 사라졌다."

"음……!"

냉한성은 지그시 입술을 물었다.

"그런데 그가 육십 년 만에 갑자기 나를 찾아왔다. 핏덩이인 너를 안고서……!"

냉한성은 믿기지 않는 듯 다시 한 번 확인했다.

"그분은 분명 천외마부에서 저를 데려왔다고 말씀하셨습니까?"

혈해마존은 무겁게 고개를 끄덕였다.

"그렇다. 그는 천외마부에서 탈출하자마자 나를 찾아 온 것이다."

"그분은 지금 어디 계십니까?"

혈해마존이 짧게 머리를 흔들었다.

"나도 모른다. 단지 그는 필요할 때만 우리를 찾아온다."

냉한성의 눈에 실망의 빛이 스쳤다.

"그분이 저를 세 분께 맡기셨습니까?"

"그렇다!"

그 말을 끝으로 잠시 무거운 침묵이 흘렀다.

무엇인가 골똘히 생각하던 냉한성이 침묵을 깼다.

"그분은 왜 나를 직접 키우시지 않고 세 분께 맡기신 겁니까?"

혈해마존은 길게 한숨을 내쉬며 말했다.

"그는 나름대로 해야 할 중대한 일이 있었기 때문이다. 모르긴 해도 너를 데리고 있음으로 해서 일어날 사고를 미연에 방지한다는 의도도 있었을 것이다."

혈해마존은 부드러운 눈길로 냉한성을 응시했다.

"지금 네겐 궁금한 점이 한 두 가지가 아니란 걸 잘 알고 있다. 허나 너무 조급히 모든 것을 알려고 애쓸 필요 없다. 그는 조만간 반드시 네 앞에 나타나 모든 것을 밝힐 테니까."

냉한성은 묵묵히 고개를 끄덕였다.

또 한 번의 침묵이 찾아왔다.

역시 그 침묵을 깬 것은 냉한성이었다.

"천외마부는 어디에 있습니까?"

혈해마존은 무뚝뚝하게 고개를 저었다.

"그곳이 있는 위치는 아무도 모른다. 오직 그만이 알 뿐……."

냉한성의 의문이 다시 이어졌다.

"그분은 천외마부의 위치를 세 분께 밝히지 않았단 말씀입니까?"

"그렇다. 그는 너의 내력 외에는 아무 것도 말하지 않았다. 단지, 천외마부에서 어떤 가공할 음모가 싹트고 있음을 암시했을 뿐이다."

혈해마존은 숙연한 표정으로 다시 말을 이었다.

"그리고 또 한 가지! 그곳에서 싹트고 있는 거대한 음모를 파헤칠 수 있는 사람은 너 뿐이라는 말을 남겼다."

냉한성은 잠시 고개를 숙였다.

할 말이 없어서가 아니라, 무엇인가 골똘히 생각하는 것이다.

'아직까지 내 출신 내력이 확연히 밝혀진 것은 아니다. 내가 천외마부 출신이라는 것밖에. 이분들도 더 이상 아는 사실은 없다. 그럼 난 어디서 무엇부터 시작해야 한단 말인가? 단목성, 그분을 만나야 그래도 어느 정도 머릿속의 안개가 걷히겠군.'

그가 골똘히 생각에 잠겨 있자 다시 무거운 침묵이 동굴 안을 짓눌렀다. 이런 종류의 침묵은 사람을 질식하게 만드는 것이었다.

어느 정도 시간이 지나자 시종 두 눈을 굳게 내리감고 있던 무무승이 침중히 입을 열었다.

"우리의 짐작으로는 천외마부에서 벌어지고 있는 음모가 곧 천하의 흥망과 연관이 있다고 생각한다."

그는 강렬한 시선으로 냉한성을 주시하며 말을 이었다.

"그들의 음모를 파헤쳐 훗날의 겁난을 미리 방지해라! 중원 천하와 너를 위해……, 그것이 이 늙은이들의 부탁이다."

냉한성은 지그시 입술을 물었다.

'천외마부! 반드시 모든 것을 샅샅이 파헤치고 말리라. 천하와 그리고 나 자신을 위해……'

굳은 다짐 후 그의 두 눈에서는 강렬한 광채가 폭사되었다.

그것은 그의 다짐이 얼마나 굳은 것인지 단적으로나마 보여주는 것이다.

천하제일광이 냉한성의 심중을 헤아리기라도 한 듯 덥석 그의 손을 잡았다.

"녀석 너는 잘해 낼 수 있을 거야. 너라면 이 지긋지긋한 피의 수레바퀴를 멈출 수 있을 것이다."

천하제일광의 너털한 말은 미지의 적과 싸워야 한다는 냉한성의 불안한 마음에 자신감을 심어 주었다.

냉한성은 고개를 끄덕이는 것으로 고마움을 표했다.

그들은 더 이상 입을 열지 않았다. 그러나 허공에 교차되고 있는 그들의 뜨거운 시선이 더욱 절실한 대화를 나누고 있었다.

이윽고 무무승이 만면에 장엄한 기색을 떠올리며 입을 열었다.

"이제 네게 우리의 마지막 안배를 베풀겠다. 어서 가부좌를 틀고 앉아라!"

냉한성의 피부가 심상치 않은 분위기를 직감했다.

'이분들이 왜 그러실까?'

마음속에 맴돈 의문이 입 밖으로 나오기 전 혈해마존이 재빨리 재촉의 말을 던졌다.

"시간이 없다. 어서!"

냉한성은 하는 수 없이 천천히 가부좌를 틀고 앉았다.

그가 앉자 무무승의 엄숙한 말이 떨어졌다.

“지금부터 내가 지시하는 대로 진기를 운행해라. 용천혈에서 중극의 연마혈로 일주천, 중극의 수미혈에서 천극의 용정 백회혈로…….”

무무승의 음성은 느리지도 빠르지도 않게 계속 이어졌다.

냉한성은 정신을 집중해 그의 지시대로 진기를 유도했다.

시간이 조금 지나자, 그의 몸 주위에는 점차 담담한 서기가 어리기 시작했다.

그 서기는 시간이 흐를수록 점점 짙어지더니 종래에는 눈을 뜨지 못할 만큼 찬연한 광채로 바뀌었다.

냉한성은 금세 몰아지경에 빠져들었다.

그런 냉한성의 모습을 본 무무승은 말을 멈추고 광채로 둘러싸여 있는 그의 앞에 천천히 다가가 가부좌를 틀고 앉았다. 그리고는 오른손을 냉한성의 백회혈에 왼손은 그의 단전에 밀착시켰다.

나머지 두 사람도 천천히 걸음을 옮겨 무무승과 똑같은 자세를 취했다.

그렇게 얼마나 시간이 지났을까?

중원삼천의 몸에서 찬연한 벽광(碧光)이 발출되기 시작하더니 이내 순식간에 그 벽광에 싸여 묻혀 버렸다. 그러자 서기에 싸여 있던 냉한성의 전신이 부르르 경련을 일으켰다.

그 순간 중원삼천의 몸에서 발출된 벽광이 냉한성의 몸을 싸고 있는 서기와 뒤섞이더니 서서히 냉한성의 백회혈로 빨려들듯 흡수되었다. 그에 따라 냉한성의 전신은 학질에 걸린 사람처럼 더욱 무섭게 경련을 일으켰다.

그러나 그것도 잠깐, 냉한성의 몸은 언제 그랬냐는 듯 갑자기 경련을 멈추는 것이 아닌가?

실로 가공할 내력이 주입되고 있는 이 순간 냉한성의 몸이 우뚝 경련을 멈춘 것은 극대극(極對極)의 이치였다.

정즉동(靜卽動) 유즉무(有卽無).

즉, 움직이는 것이 극에 달하면 움직이지 않는 것과 같고, 있는 것이 극에 달하면 없는 것과 같은 이치인 것이다.

냉한성은 절대고수 세 명의 백 오십 년 내력을 한몸에 담고 다시 태어나고 있는 것이다. 이제 그의 몸에는 무려 칠 갑자에 이르는 공력이 생성된 것이다.

진정 무림사상 초유의 고금절대무존으로서의 화려한 탄생이 아닐 수 없다. 이윽고 중원삼천에게서 발출된 벽광이 모두 냉한성의 백회혈로 흡수되었다.

중원삼천의 안색은 창백해졌고, 한결 같이 피로한 기색이 역력했다. 그러나 그들의 입가에는 잔잔한 미소가 어려 있었다.

만족의 의미인 것이다.

무무승이 천천히 냉한성에게서 손을 떼내며 독백처럼 말했다.

“우리는 최선을 다했다. 나머지는 저 녀석의 역량에 맡길 뿐이다.”

천하제일광이 먼저 몸을 일으켰다.

“지미럴! 이제 우리에게는 한 가지 일만 남았군.”

“떠나야지, 다시는 돌아오지 못할 길인지도 모르지만…….”

말과 함께 혈해마존이 천하제일광의 폐포를 잡아당기며 일어났다.

그들은 몰아지경에 빠져 있는 냉한성의 모습을 한동안 말없이 지켜보다가 느릿하게 동굴을 벗어났다.

‘잘 있거라. 어쩌면 네놈을 다시는 못 볼지도 모르겠구나.’

‘너를 믿는다.’

떠나는 마음은 아쉽지만 이제 그들이 냉한성에게 해줄 것이라곤 아무것도 없었다.

냉한성이 눈을 뻔쩍 떴다.

자신의 내력이 엄청나게 증강되었음을 대번에 느꼈다. 다음 순간 무엇을 잃어버린 것처럼 주위를 두리번거렸다.

“헉! 없다!”

놀람에 찬 경악성이 터져 나왔다.

중원삼천의 모습이 어디에도 보이지 않는 것이다.

“이럴 수가? 한마디 말도 없이…….”

냉한성은 허탈하게 부르짖다가 돌연 한 곳에 시선을 멈추었다.

한 장의 서찰을 발견한 것이다.

냉한성은 곧 서찰을 집어 들었다.

〈모든 것이 하늘의 뜻이니 섭섭해 하지 말아라!

너는 이 길로 즉시 강호로 나가거라. 밖에서 사령(邪靈)이 너를 기다리고 있을 것이다. 사령은 그간 너를 위해 우리가 키워 낸 십이 사신(十二邪神) 중 하나다. 그들은 너를 위해 충성을 다할 것이다.

모든 일을 너에게 맡긴다. 잘해 주리라 믿는다.

하늘이 우리를 돕는다면 다시 볼 날이 있을 것이다.

– 혈해마존.〉

서찰은 냉한성의 손 안에서 이내 가루가 되어 흩날렸다.

그는 두 주먹이 으스러져라 움켜쥐었다.

냉한성은 한참 동안을 그렇게 동굴 한 면을 보며 서 있었다.

도산검림(刀山劍林)의 강호출도(江湖出道)!

이제 나가는 것이다.

말은 필요 없다.

이제 검만이 말을 대신 할 뿐이다.

가자! 저 넓은 중원으로 가서 나의 웅심을 펼치자.

그의 내심은 그렇게 말하고 있었다.

제8장

피는 피로!

01

냉한성의 허벅지를 정성스럽게 주무르던 나삼 소녀가 공손히 입을 열었다.

"소주님 무슨 생각을 그렇게 골똘히 하시나요? 무슨 걱정거리라도 있으신가요?"

그제야 냉한성은 깊은 상념에서 깨어났다.

그는 나삼 소녀의 터질 듯 팽팽한 둔부를 가볍게 두드려 주며 몸을 돌려 누웠다. 그러자 미끈하면서도 군살 하나 없는 잘 발달된 그의 뒷 모습이 드러났다.

나삼 소녀는 냉한성의 손길이 자신의 은밀한 곳을 스치자 몹시 황홀한 듯 발그레한 홍조를 띠었다.

네 소녀는 다시 냉한성의 등을 애무하듯 주무르기 시작했
다.

냉한성의 시중을 드는 일이 그녀들에게는 마치 최대의 행
복인 것처럼 네 소녀의 얼굴은 한결같이 행복해 보였다.

냉한성은 등 뒤에서 전해지는 나긋하고 기분 좋은 촉감을
느끼며 문득 야릇한 미소를 머금었다.

'후후후, 혈해마존! 사도대종사라는 어마어마한 신분을 가
진 그분이 야화궁주(夜花宮主)라는 또 하나의 신분을 가지고
있을 줄이야…….'

야화궁은 문자 그대로 밤의 꽃들이 모여 이루어진 신비의
단체다. 특이한 것은 이 야화궁의 존재를 알고 있는 강호인들
이 전혀 없다는 것이다. 그러나 중원 구주(中原九州)에 분산
되어 있는 강호의 모든 기녀들은 야화궁의 통제 하에 있었다.

한 마디로 중원 땅에서 기녀 족보를 얻으려면 사전에 반드
시 야화궁의 허락을 받아야만 하는 것이다.

이것은 기녀들 사이에서는 철칙으로 인식되고 있었다.

야화궁의 규모는 얼마나 큰지 알 수 없다.

이 드넓은 중원에 기루의 숫자가 몇인가?

또 그곳에 속해 있는 기녀들의 수는 또 얼마나 많은가?

야화궁! 이곳이야말로 숫자만으로 따진다면 단연코 강호
최대의 방파라 아니할 수 없다.

그러나 정작 중요한 사실은 그것이 아니었다.

강호에서 벌어지는 모든 대소사에 관한 정보가 가장 먼저 전달되는 곳이 바로 야화궁이라는 것이었다.

무릇 강호 최대의 정보망을 가졌다고 알려진 개방. 그 개방의 명성을 가뿐히 누르고 올라선 문파가 곧 야화궁이다.

혈해마존은 냉한성에게 야화궁주라는 신분도 넘겨 주었다.

지금 냉한성의 곁에서 시중을 들고 있는 소녀들 역시 본래는 기녀였다,

단지, 남들보다 더 뛰어난 미모를 지닌 덕분에 특별히 냉한성을 곁에서 모시는 시비로 신분이 격상되었다.

야화궁주를 직접 곁에서 모시는 것은 은연중 강호의 기녀들에게는 최대의 소망이기도 했다.

냉한성은 소리를 죽여 '킥' 하고 웃었다.

'강호의 모든 기녀들을 관장하는 야화궁주, 그 덕에 나는 팔자에도 없는 호강을 누리게 되었으니…….'

"으하하하!"

냉한성은 돌연 낭랑한 대소를 터뜨렸다.

그러자 그의 전신을 주무르던 네 명의 소녀는 언뜻 손길을 멈추며 놀란 표정을 지었다.

'소주께서 왜 갑자기 웃으셨을까?'

그녀들이 영문을 몰라 의아해 하고 있을 때 냉한성의 장난

기 있는 목소리가 들려왔다.

"계속해라. 문득 우스운 생각이 떠올라 웃었다."

"예? 예!"

"혹시 저희들이 궁주님께 무슨 실례를 범했나 해서……?"

소녀들은 송구스럽다는 표정으로 제각기 한 마디씩 내뱉은 후 더욱 정성스럽게 손을 움직였다.

바로 그때 냉한성의 귓전으로 한 줄기 짤막한 전음이 날아왔다.

-속하, 신도굉! 황천루에 관한 사건이 접수되었기에 보고드립니다.-

냉한성의 입술이 달싹였다.

역시 전음을 날렸다.

-말해라.-

신도굉의 전음이 다시 날아들었다.

-오늘 첫 번째 사건의 의뢰인은 호북성(湖北省)에 사는 전삼입니다. 그의 상대는 조양이라는 호북성의 거물(巨物)입니다.-

-원한 관계는?-

-전삼의 아내를 조양이라는 위인이 간통하여…….-

신도굉은 전삼이 말한 그대로 보고했다.

-그 정도 인물이라면 사유빈(史有彬)을 보내라!-

-존명!-

-또 다른 접수 사건은?-

-사건의 의뢰인은 하남(河南)의 능원(陵元), 상대는 탁천양(卓天陽)입니다.-

-탁천양?-

-그렇습니다. 그는 소주께서도 이미 알고 계시듯이 제천맹(帝天盟)의 당주(堂主)직을 맡고 있는 유운검객(流雲劍客), 바로 그자입니다.-

"음……."

냉한성의 입에서 엷은 신음이 흘렀다.

'탁천양, 그가……?'

제천맹은 정도무림의 총본산이며 구파일방의 핵(核)이 총집결되어 있는, 문자 그대로 강호 최대의 방파였다. 그리고 은연중에 무림맹(武林盟)의 역할을 하고 있는 곳이기도 하다.

그런 제천맹에서 당주라는 중책을 맡고 있는 인물이 원한 사건에 연루되어 있다니……!

냉한성의 전음은 잠시 끊겼다가 다시 이어졌다.

-그의 원한 관계는 무엇이냐?-

-능원의 말에 의하면 자신의 누이가 탁천양에 의해 간살(姦殺)되었다 합니다.-

-증거는?-

-사건을 접수받은 즉시 운향(蕓香)을 파견해 탐문한 바 탁천양이 능원의 누이에게 구혼(求婚)을 했다가 냉담히 거절당한 사실이 밝혀졌습니다.-

사도굉은 잠시 사이를 두었다가 다시 전음을 이었다.

-따라서 탁천양이 그에 앙심을 품고 능원의 누이를 강제로 욕보인 후 비밀을 지키기 위해 살인멸구(殺人滅口)했을 가능성이 큽니다. 확실한 증거는 운향이 계속 찾고 있으니 곧 밝혀질 것입니다.-

냉한성은 가볍게 고개를 끄덕였다.

-운향이 나섰다면 흑백은 명확히 가려질 것이다. 그 일은 운향이 끝까지 마무리 짓도록 해라!-

-알겠습니다.-

-매번 하는 말이다만 어떤 일을 해결하던 무슨 음모가 배경에 깔려 있는지 각별히 주의해서 처리하도록 해라!-

-명심하겠습니다.-

-그 밖의 보고 사항은?-

-없습니다. 단지, 만약 탁천양의 비행이 사실로 밝혀졌을 경우 그를 처리하는 것이 좀……, 그를 죽이는 것은 간단한 일이나 제천맹과의 사이에 말썽의 소지가 있을까 우려됩니다.-

순간 무심하던 냉한성의 눈에서 싸늘한 신광이 번뜩였다.

-신도굉! 너는 황천루의 규칙을 몰라서 묻는 것이냐? 아니면 나를 시험하려는 것이냐?-

-소 속하가 어찌 감히…….-

신도굉의 전음은 급격히 떨려왔다.

냉한성이 칼로 자르듯 딱 잘라 전음을 내뱉었다.

-탁천양의 비행이 사실로 밝혀질 경우 죽는 것은 당연하다. 피는 피로서 갚아 주는 것이 본루의 철칙! 설사 그가 제천맹주였다해도 예외일 수는 없다.-

-명심하겠습니다. 소주! 그럼 이만 물러가겠습니다.-

-각별히 신경 써서 행동하거라!-

냉한성의 전음을 끝으로 더 이상 전음은 들려 오지 않았다.

냉한성은 내심 생각했다.

'제천맹, 그곳도 예전과 달리 많이 썩어 있구나.'

냉한성의 담담하던 눈빛이 돌연 강렬한 빛을 뿜어냈다.

그는 언젠가 사도대종사 혈해마존이 들려주었던 말을 아직도 생생하게 기억하고 있었다.

"내가 너에게 야화궁주직과 사도대종사의 신분을 계승하려 함은 결코 무림을 피로 물들여 달라는 것은 아니다. 다만 무엇이 진정한 정의(正義)인지 정파(政派)의 너울을 쓰고 혈랑(血狼)의 짓을 하는 눈먼 정파인들에게 똑똑히 가르쳐 주라는 것이다. 내 말 뜻을 알아듣겠느냐?”

‘물론 알아들었습니다. 그리고 이제 천천히 시작하려 합니다.

냉한성은 내심 그렇게 생각하고는 빙긋이 웃었다.

그가 지금 지은 미소는 보는 이에 따라서 가장 부드러울 수도, 가장 공포스러울 수도 있는 그런 미소였다. 이내 그의 미소는 점점 짙어졌다.

‘그러나 사부님께서도 제가 해결사의 신분으로 그 일을 시작하고 있음은 상상조차 못했을 것입니다.’

냉한성이 내심 생각하고 있을 즈음 그의 귓전으로 또 하나의 가느다란 전음이 날아들었다.

─속하 등비(藤飛)! 만해루에 접수된 사건을 보고 드립니다.─

냉한성은 기다리고 있었다는 듯 담담히 전음으로 답했다.

─말해라.─

등비 역시 모습을 보이지 않은 채 전음만 들려왔다.

─오늘 해결을 의뢰해 온 인물은 방웅(方雄)이란 자인데 뜻밖에도 삼십육 명의 수급을 원했습니다.─

─삼십육 명의 수급을?─

냉한성은 약간 놀랐다.

‘만해루는 원한을 해결하는 곳이 아닌데?’

또 하나의 의문을 느낀 냉한성이 덧붙여 말했다.

-원한 사건이라면 황천루로 갈 것이지 어찌 만해루에 사건을 의뢰해 온 것이냐?-

답변은 신속히 날아왔다.

-속하 역시 방웅이란 자에게 그 사실을 주지시켰으나 그는 원한이 있어 삼십육 명의 수급을 원하는 것이 아니라고 했습니다.-

냉한성의 입가에 고소가 어렸다.

-서른여섯 개의 목을 베어 달라는 자가 원한 때문이 아니라고?-

-그렇습니다. 그는 단지 정당한 거래를 하겠다고 했습니다.-

-거래라?-

냉한성은 일시 입맛을 다시며 빙긋 웃었다.

-그것 참 재미있는 일이군. 그래 그자는 서른여섯 개의 목 값으로 어떤 대가를 치르겠다더냐?-

등비의 전음은 잠시 사이를 두었다가 전해왔다.

-그가 제시한 대가는 황금 오백 냥과 묘안석(苗眼石) 한 상자였습니다.-

평소에 잘 놀라지 않던 냉한성도 마음속으로나마 언뜻 놀랐다. 하지만 그는 겉으로 내색하지 않았다.

　황금 오백 냥과 묘안석 한 상자. 이것은 정말 엄청난 금액이었다. 십남팔녀(十男八女)를 둔 두 부부가 구 대(九代)를 놀고먹어도 그 백분의 일도 다 못 쓸, 실로 상상불허한 거액이다. 만약 냉한성이 아닌 다른 사람이 이런 보고를 들었다면 그 즉시 까무러치거나 심장이 마비되었을 것이 확실했다.

　냉한성의 얼굴에 엷은 긴장감이 감돌고 있었다.

　그의 입술이 곧 달싹였다.

　―그 방웅이란 자는 지금 어디에 있느냐? 설마 그자를 그냥 돌려보낸 것은 아니겠지?―

　―그, 그자는…….―

　등비의 전음이 은연중 떨리고 있었다.

　―그자는 착수금으로 황금 십만 냥을 남긴 채 홀연히 사라지고 말았습니다. 물론 속하가 그자를 추격했으나 도중에 그만 놓쳐 버리고 말았습니다.―

　―뭐라?―

　냉한성의 안색이 돌연 딱딱하게 굳어졌다.

　―너의 추격술로도 그를 놓쳤단 말이냐?―

　―죄송합니다. 속하는 최선을 다했으나 그자의 신법은 속하보다 솔직히 한 수 위였습니다.―

　"음!"

　냉한성이 묵직한 신음을 토해냈다.

‘등비의 추격술은 당금 무림을 통틀어도 몇 손가락 안에 꼽힐 만한 경지이거늘 등비보다 한 수 위의 신법을 지닌 자라면……’

돌연 냉한성은 누워 있던 자세에서 오른손을 조용히 치켜들었다.

“그만! 너희들은 이제 물러가서 쉬거라.”

냉한성의 말이 떨어지자 그를 시중들던 열여섯 명의 소녀들은 일제히 하던 동작을 멈추었다.

그녀들은 의혹의 빛이 한결같았지만 급히 허리를 굽혀 예를 취한 후 공손히 실내에서 물러났다.

“소주, 편히 쉬십시오.”

“그래 수고들 많았다.”

시비들이 완전히 사라지자 냉한성은 천천히 상체를 일으켜 침상에 정좌했다.

이어 허공을 향해 나직이 말했다.

“등비! 즉시 복명(伏命)하라!”

“존명!”

힘찬 음성과 함께 홀연 냉한성 면전에 자욱한 운무가 피어올랐다. 짧은 순간 운무는 말끔히 사라지고 한 명의 흑의인이 모습을 드러냈다.

“속하 대령했습니다.”

나타난 흑의인은 유난히 짙은 검미에 전신에서는 얼음처럼 차가운 한기를 물씬 풍기고 있는 이십 대의 청년이었다.

그가 바로 등비였다.

등비는 단정히 부복한 자세로 냉한성을 응시했다.

냉한성은 부복한 등비를 굽어보며 말했다.

"그자가 말하는 서른여섯 개의 목! 그 명단을 말해라."

"여기 있습니다."

등비는 곧 품속에서 한 장의 양피지를 꺼내 두 손으로 공손히 내밀었다.

냉한성의 눈이 침착히 양피지에 적혀 있는 명단을 훑어 내렸다. 그런 그의 눈에 경악의 빛이 실려 있었다.

"이……, 이럴 수가!"

냉한성은 크게 놀라 손에 들고 있던 양피지를 떨어뜨렸다.

하늘이 무너져도 눈 하나 깜짝하지 않을 냉정하고도 침착한 냉한성이 아니던가?

그러나 그가 이토록 경악한 데에는 그만한 이유가 있었다.

놀랍게도 양피지에 적혀 있는 서른여섯의 명단, 그것은 다름 아닌 제천맹주를 비롯한 제천맹의 태상장로, 호법, 당주 등 제천맹의 수뇌부들을 그대로 옮겨놓은 것이다.

냉한성은 떨어뜨린 양피지를 다시 집어 들었다. 양피지를 든 손이 가늘게 떨려 왔다. 무엇인가를 곰곰이 생각하는 냉한성의 얼굴은 알 듯 모를 듯한 약간은 찡그린 표정이었다.

그러나 기이하게도 그의 입가에는 한 가닥 신비로운 미소가 걸리더니 얼굴 전체로 확산되어 갔다.

냉한성은 양피지에서 눈을 떼며 흥분에 찬 어조로 말했다.

"됐다! 드디어 우리가 던진 낚싯밥에 대어(大漁)가 걸려들었다."

등비의 얼굴에 모호한 빛이 떠올랐다.

'이건 또 무슨 뚱딴지같은 소린가?'

그리고 이내 생각에 잠기더니 뭔가 떠오른 듯 조심스럽게 물었다.

"소주께서는 혹시 방옹이란 자가 그곳에서 온……?"

"그렇다!"

냉한성이 자르듯 말했다.

냉한성의 확신에 찬 말에 등비의 얼굴에 은은한 경악이 어렸다.

"이런 종류의 일을 청탁해 온 방옹이란 자는 틀림없이 천외마부에서 파견된 인물일 것이다."

"아!"

등비는 나직한 탄성을 토해냈다.

냉한성은 회심에 찬 얼굴로 말을 이었다.

"내가 던진 낚싯밥을 놈들이 물어주기를 기다리면서 그간

육 개월이라는 결코 짧지 않은 시간을 소비하며 기다려왔다. 또 내 행적도 적당히 노출시켰지.”

냉한성은 잠시 말을 끊었다가 다시 이었다.

“참으로 긴 침묵의 싸움이었다. 놈들은 지난 육 개월 동안 나를 여러 면으로 세심히 관찰하고 마침내 내게 미끼를 던져 온 것이다. 제천맹과 거액의 보수로……. 이제 본격적인 대결이다. 놈들이 던진 미끼와 내가 던진 또 하나의 미끼, 좋은 미끼를 쓴 자가 승리 할 것이다.”

냉한성은 잠시 허공을 바라보며 생각에 잠겨 있다가 말했다.

“등비! 너는 즉시 만해루로 돌아가라. 그리고 평상시와 같이 맡은 바 임무에만 충실해라. 이번 일은 내가 맡겠다.”

“존명!”

스스스숫~.

등비의 모습은 안개로 화해 바닥으로 스며들 듯 사라져 버렸다.

냉한성은 침상에서 천천히 내려섰다.

“천외마부! 그곳의 위치를 알아내기 위해서는 놈들이 던진 미끼를 아주 맛있게 먹어 줘야겠지.”

냉한성은 허공에 대고 너털웃음을 날렸다.

“하하하! 기다려라. 천외마부의 음모는 반드시 내 손으로 밝혀내고야 말겠다.”

말을 끝내기가 무섭게 그의 신형은 어디론가 사라져 버렸다.

02

오시 무렵, 한 사나이가 호북성 내로 들어섰다.

가뿐한 비단 흑의에 약간 창백한 안색을 가진 이십 대의 미장부, 그의 이름은 사유빈이었다.

황천루 소속의 해결사이며 냉한성의 비밀 경호를 맡고 있고, 십이 사신 중의 하나였다. 그는 무슨 일을 처리하든 깨끗하게, 그리고 과감하게 해치우는 성미를 가졌다.

그는 일을 처리함에 있어 언제나 직접적인 방법을 사용했다.

일단 냉한성의 명령이 떨어진 이상 그는 절대 딴 생각을 하지 않으며 언제나 실패를 모르는 사나이였다.

황천루를 떠난 그는 곧장 조양이 살고 있는 집으로 향했다.

조양은 호북성 제일의 부자답게 거대한 장원(莊院)에 살고 있었다. 문 앞에는 건장한 체구의 대한 두 명이 우뚝 버티고 서 있었다.

사유빈은 성큼성큼 문 앞으로 걸어갔다.

사유빈을 본 대한이 제법 위엄 있는 목소리로 외쳤다.

"멈춰라!"

그러나 사유빈은 아예 들은 척도 하지 않고 천천히 앞으로 걸어갔다.

"아니, 이놈이!"

두 대한의 눈에 대뜸 살기가 떠올랐다.

사유빈은 두 대한의 곁을 스쳐가며 나직하게 말했다.

"너희들에게는 볼 일이 없다. 조양을 만나러 왔으니 물러서라!"

그의 음성은 너무도 나직해 마치 속삭이는 것 같았다.

사유빈이 자신들을 무시하는 말을 하자, 두 대한의 눈이 더할 수 없게 커졌다.

'아니, 이 새파랗게 비린내 나는 놈이 감히 우리를 무시해. 더군다나 나리의 성함까지 뉘집 개 이름 부르듯 함부로 부르다니!'

두 대한의 분노는 이만저만이 아니었다.

"네놈이 누구이던 간에 오늘 본 나으리가 네놈의 주둥아리부터 찢어 주겠다!"

우측에 서 있던 대한이 폭갈과 함께 대뜸 사유빈의 목덜미를 향해 오른손을 내뻗었다.

쉭!

대한의 손동작은 제법 빨라 거센 바람을 일으켰다.

그러나 비명은 오히려 대한의 입에서 튀어나왔다.

"커억~!"

뒤도 돌아보지 않은 채 내뻗은 사유빈의 손이 어느새 대한의 목 줄기를 억세게 움켜쥐고 있었다.

"케엑~ 켁!"

사유빈은 이미 눈동자가 돌아가고 있는 대한을 바라쓰며 차갑게 쏘아보며 말했다.

"손으로 불러일으킨 화는 이렇게 몸으로 받는 법이다."

대한의 목을 쥔 사유빈의 손에 힘이 들어갔다.

으드드득!

섬칫한 음향이 울렸다.

순간 대한의 목은 엿가락처럼 반 바퀴나 휙 돌아갔다.

"억!"

그 잔인한 광경에 옆에서 지켜보던 대한의 입이 딱 벌려졌다.

대한의 몸이 공포로 후들거렸다.

"그 집 개를 보면 주인을 알 수 있는 법!"

사유빈은 나직이 중얼거린 후 뒤도 돌아보지 않고 대문을 넘어섰다.

그때서야 사시나무 떨 듯 후들거리던 대한은 퍽 하고 쓰러져 까무러치고 말았다.

대청에서는 마침 조양이 수하들과 어울려 푸짐한 주연을 벌이고 있었다.

사유빈은 천천히 대청 위로 올라섰다.

그제야 사유빈을 발견한 몇몇 사람이 그를 바라보며 놀란 눈을 부릅떴다.

상석에 앉아 있던 금포 중년인이 대뜸 심상치 않음을 직감한 듯 제일 먼저 싸늘하게 외쳤다.

"왠 놈이냐……? 허억!"

금포 노인은 말을 하다가 갑자기 입이 마비된 듯 딱딱하게 굳어져 있었다.

그도 그럴 것이 그가 입을 열었을 때는 분명 삼 장 거리에 서 있던 사유빈이 눈 깜박할 사이에 이미 자신의 코앞에 당도해 있었다.

그의 놀라운 신법에 금포 중년인은 흠칫 몸을 떨었다.

"누, 누구냐?"

금포 중년인은 간신히 떨어지지 않는 입을 억지로 열어 말했다.

사유빈은 대답도 않고 대뜸 물었다.

"네가 조양인가?"

“그, 그렇다.”

금포 중년인 즉 조양은 얼떨결에 대꾸했다.

“네게 묻고 싶은 것이 있어 왔다.”

사유빈의 태도는 거만하기 그지없었다.

“아, 아니……!”

조양은 그 와중에도 수하들에게 모종의 눈짓을 보낸 후 버럭 노성을 터뜨렸다.

“네놈은 누구이기에 이렇듯 함부로 구는 것이냐?”

사유빈은 그의 질문에 답하지 않고 자신이 물을 말만 단도직입적으로 물었다.

“네놈은 전삼의 마누라를 알고 있지? 그 계집과는 어떤 관계냐?”

그 말을 들은 조양의 안색이 일변했다.

그의 안색이 변하는 것을 신호로 주위에 모여 있던 수하들이 즉각 사유빈을 덮쳤다.

“뒈져라!”

그들은 놀라운 속도로 사유빈을 감싸고 수십 줄기의 장영(掌影)을 뿌려 댔다.

사유빈의 입가에 언뜻 희미한 조소가 스쳐 간다 싶은 순간 한 가닥 무서운 광채가 돌연 허공에 번뜩였다. 그와 동시에 연이어 오장을 쥐어뜯는 듯한 처절한 비명이 대청을 흔들었다.

"크아악~"

"커억!"

시간은 일시 정지된 듯싶었다.

툭! 툭, 툭~.

추풍낙엽(秋風落葉)이 떨어지듯 순식간에 다섯 개의 머리통이 땅바닥으로 굴러 떨어졌다.

떨어진 머리통은 낙엽과 함께 흙먼지 속을 파고들었다.

조양을 비롯해 간신히 살아남은 수하들은 처음에는 무슨 일이 벌어졌는지 몰랐다.

그들은 시간이 흐른 후에야 그 이유를 알 수 있었다.

조양 등은 벌린 입을 다물지 못하고 석고상처럼 굳어졌다.

사유빈의 손에 쥐어져 있는 한 자루의 혈도(血刀)!

그들의 모든 의문이 풀리는 순간이었다.

다만 한 가지 의문은 사유빈이 언제 칼을 발출했느냐는 것이다.

그야말로 가공무쌍의 쾌도였던 것이다.

이 순간 그들의 뇌리에 떠오른 것은 오직 사(死)라는 한 단어뿐이었다.

사유빈은 혈도를 다시 소매 속에 느릿하게 파묻으며 바짝 얼어붙어 있는 조양에게 다가섰다.

“이제 내가 묻는 말에 대답하겠느냐?”

조양의 얼굴은 시퍼렇게 질려 있었다.

그러나 그는 그래도 부하들 앞에서 기죽은 모습을 보일 수는 없다는 듯 제법 위엄 있게 목청 높여 말했다.

“그 일이 도대체 네놈과 무슨 상관이 있느냐?”

순간 느닷없이 사유빈의 오른손이 앞으로 쭉 뻗어 나왔다.

“으악!”

조양은 두 손으로 가슴을 감싼 채 바닥을 데굴데굴 굴렀다.

사유빈의 일 초는 별로 절묘하지도 않고 변화가 심한 초식도 아니었다. 그러나 지독하게 빨랐다.

너무나 정확하고 빨라서 상대방으로 하여금 도저히 피할 여유를 주지 않았다.

사유빈은 마치 지옥에서 내려온 사자처럼 싸늘하게 말했다.

“말이란 곱게 할수록 화가 적은 법이다.”

이어 그는 조양의 멱살을 잡아 일으켰다.

“마지막으로 묻겠다. 이제 내가 묻는 말에 순순히 대답하겠느냐?”

참을 수 없는 고통에 조양의 얼굴은 일그러질 대로 일그러졌다.

그의 이마에는 구슬같은 땀방울이 송알송알 맺혀 있었다.

조양은 어쩔 수 없이 어금니를 악물며 힘없이 고개를 끄덕였다.

사유빈은 그제야 희미하게 웃었다.

"넌 전삼의 마누라와 놀아났지?"

사유빈은 여유롭게 물었다.

"앞으로도 계속 그 계집과 놀아날 생각이냐?"

고개를 가로젓는 조양의 목구멍에서 울부짖는 듯한 음성이 새어 나왔다.

"그 계집은 화냥년이오. 한마디로 암캐와 별반 다를 게 없는 계집이오."

대다수의 사람들은 자신의 잘못으로 인해 처벌을 받을 때면 그 잘못을 다른 사람에게 전가하려는 습성이 있다. 그래서 인간을 간사한 동물이라고 하는지도 모른다.

지금 조양도 그 간사한 동물의 습성을 나타내고 있는 것이다.

사유빈은 또 한 번 빙긋 웃었다.

"네 말대로라면 이 세상에 화냥년은 모두 네놈이 차지하는 게 당연하다는 말 같구나."

조양은 그 말에 끽소리도 못하고 입술을 오므렸다.

사유빈은 조양의 분노와 원망이 가득 서린 눈빛을 마주봤다.

'후후, 독이 오를 대로 올랐군.'

그는 만족한 표정을 지었다.

"좋다! 네가 그 계집과 손을 끊겠다면 살려 주겠다."

조양은 비로소 이제 살았다는 안도의 한숨을 내쉬었다.

그러나 그는 다시 소스라치게 놀라 반 정도 내쉰 숨을 다시 들이마셔야 했다.

사유빈의 눈빛이 예사롭지 않게 무서운 한광을 내뿜는 것을 본 것이다.

사유빈은 싸늘히 조양을 쏘아보며 말했다.

"차후 그 계집이 다른 사내와 계속 놀아난다면 그 책임도 너에게 묻겠다."

조양은 기가 막힌 듯 펄쩍 뛸 기세였다.

그는 있는 대로 불쌍한 표정을 짓고 애원했다.

"그 계집은 원래 화냥기를 타고난 계집이오. 그런 계집을 제가 어찌 일일이 감시 할 수가 있단 말이오?"

사유빈은 부드럽게 말했다.

"나는 네가 좋은 방법을 생각해 내리라고 믿는다."

조양은 암담했으나 사유빈의 눈빛을 대한 순간 절로 고개를 끄덕이고 말았다.

사유빈은 그제야 가벼운 미소를 띠었다.

"좋다. 그런 천부적인 화냥기를 타고난 계집은 수시로 남자를 유혹할 우려가 많다. 그러니 네가 좋은 방법으로 그 계집의 화냥기를 막도록 해라.”

조양은 연신 고개를 끄덕였다.

“명, 명심하겠습니다.”

순간 조양의 말이 끝나기가 무섭게 사유빈의 손이 그의 가슴을 가볍게 내리쳤다.

어찌 보면 장난을 치는 것 같은 극히 부드러운 동작이었다. 그러나 구릿빛으로 변한 조양의 얼굴은 그것이 장난이 아니라는 것을 말해 주었다.

그의 입에서 이내 처절한 비명이 터졌다.

“우욱~!”

그대로 콱 고꾸라진 조양은 갈비뼈가 모조리 주저앉아서인지 아주 납작하게 보였다.

사유빈의 얼굴에 재차 미소가 어렸다.

“이것은 너를 때린 것이 아니다. 오직 내 말을 명심하라는 뜻일 뿐이다.”

사유빈이 조양을 최소한 육 개월은 일어나지 못하도록 만들었다.

주위에 있던 조양의 부하들은 확연히 눈에 보이는 일을 때리지 않았다고 하니 그만 어안이 벙벙해졌다.

사유빈은 느릿하게 술상이 차려져 있는 대청 안으로 다가

갔다.

그는 술상 위에 놓인 술 주전자를 들어 망설이지 않고 통째로 꿀꺽꿀꺽 마시기 시작했다.

순식간에 주전자 안의 술을 다 비운 사유빈은 미간을 찌푸리며 갸우뚱거렸다.

"역시 미련한 멧돼지 같은 놈이군. 좋은 술 나쁜 술도 분별하지 못하는 주제에 그래도 계집 고르는 재간은 있는 모양이지?"

조양이 쓴 웃음을 지으며 고통이 채 가시지 않은 어조로 말했다.

"전가의 계집은 화냥년이라 사내들 녹이는 재주도 보통이 아니오."

사유빈은 또 하나의 술 주전자를 들이키고는 이내 아쉽다는 눈빛으로 술 주전자를 내려놓았다.

"그래! 그럼 네 계집들은 어떠냐?"

그 말에 조양의 얼굴이 연한 구릿빛에서 완연한 똥빛으로 바뀌었다.

"그, 그들은 절대 그 계집을 따라가지 못합니다."

사유빈은 야릇한 미소를 짓고는 의심스러운 눈초리로 조양을 바라보았다.

"네 말을 믿지 못하겠다. 술맛도 제대로 모르는 놈이 어찌 계집 맛을 알겠느냐!”

다음 순간 그는 다짜고짜 병풍을 제쳤다.

그러자 병풍 뒤에서 소스라치게 놀란 예닐곱 명의 미녀들이 나타났다.

사유빈은 왠 떡이냐는 듯 군침을 삼키고는 제일 반반한 얼굴을 가진 계집을 골라 어깨에 짊어졌다.

여인은 너무 놀라 정신을 잃고 기절하고 말았다.

조양은 다급한 마음에 더듬거리며 말했다.

“아, 아니 이게 뭐…… 무슨 짓입니까?”

“무슨 짓이라니? 몰라서 하는 소리냐?”

그리고는 성큼성큼 밖으로 걸어 나갔다.

조양은 그의 등에 대고 간절히 애원했다.

“제발 소연(少燕)을 놓아주십시오. 그러면 제가 일만 냥을 드리겠습니다.”

사유빈은 우뚝 걸음을 멈추며 눈을 깜박거렸다.

“이 계집이 그렇게 값이 나가나?”

조양은 대답 대신 사유빈의 얼굴을 간절히 쳐다 볼 뿐이다.

사유빈은 빙그레 웃으며 말을 이었다.

“넌 이 계집을 좋아하느냐?”

조양은 역시 대답을 못했다.

사유빈은 또 한 번 야릇한 미소를 지었다

"앞으로 남의 계집이 탐날 때는 우선 내 계집부터 생각해라. 그리고 정히 이 계집을 되찾고 싶으면 황천루로 직접 찾아오너라."

그의 목소리는 미소 짓는 모습과는 달리 엄숙하기 그지없었다.

황천루라는 말에 조양을 비롯한 그의 대부분의 부하는 즉시 까무러치고 말았다.

그 까무러친 얼굴에도 여전히 공포는 남아 있었다.

03

문 밖에는 누가 보아도 명마(名馬)라고 할 만큼 잡털 하나 섞이지 않은 거대한 말이 대기하고 있었다.

사유빈은 여인을 어깨에 멘 채 사뿐히 말에 올라탔다. 말은 주인의 마음을 알기라도 한 듯 "으랴" 라는 출발음이 떨어지기도 전에 황진을 날리며 이내 사라졌다.

십여 리쯤 달렸을까?

사유빈의 어깨에 메어져 있던 여인이 돌연 요염하게 웃어 댔다.

"호호호!"

사유빈은 일순 멍해졌다.

"이제 보니 너는 기절한 것이 아니로구나."

소연은 연신 호들갑스럽게 웃어댔다.

"호호호! 물론이에요. 기절한 것이 아니라 사실은 당신을 따라가고 싶어서 미칠 지경이었죠."

사유빈은 더욱 멍해졌다.

"왜?"

소연은 아양을 떨며 말했다.

"당신은 정말 멋있는 남자예요. 그런 당신에게 반하지 않는 여자가 있으면 아마 바보일걸요?"

사유빈은 절로 눈썹이 찌푸려졌다.

"왜? 조양이 잘 대해 주지 않던가?"

소연은 깔깔대고 웃었다.

"호호호! 그는 비록 돈이 많기는 하지만 아주 노랭이에요. 그런 그가 만약 나를 싫어한다면 선뜻 만 냥이나 되는 큰돈을 주겠다고 하겠어요?"

소연은 무엇이 좋은지 계속 재잘거렸다.

"불편해 죽겠어요. 당신 품에 안겨서 가겠어요."

사유빈은 대답 없이 고개만 저었다.

소연은 길게 한숨을 내쉬었다.

"당신은 정말 이상한 사람이군요!"

여전히 사유빈은 아무런 대꾸도 없이 고개만 저었다.

주위는 끝이 보이질 않을 정도로 넓은 황야였고 인적이라고는 찾아볼 수 없었다.

소연은 갑자기 두려움을 느끼며 조심스럽게 물었다.

"저를 어디로 데려가시는 거죠?"

그 말에 사유빈은 태연하게 대답했다.

"글쎄, 아마 너는 상상도 해보지 못한 곳일 게다."

그의 담담한 음성에 소연은 사유빈의 마음에 악의가 없다는 것을 알아차리고 또다시 요염한 웃음을 머금었다.

"호호호~. 당신의 뜻을 이제 알겠어요. 그러니 저를 아무데나 데려가도 좋아요."

그러더니 갑자기 뭔가가 생각났다는 듯이 정색을 하며 물었다.

"그 전가의 아내 이름이 주연이라는 것을 알고 계세요?"

"처음 듣는 이름이군."

"그 계집은 정말 천성적으로 타고난 요녀예요. 하룻밤이라도 남자와 같이 지내지 못하면 몸살이 나는 계집이지요. 그런데 조양이 무슨 방법으로 그 계집의 음탕함을 꺾을지 의문이군요."

사유빈은 무표정하게 대꾸했다.

"제 아무리 천부적으로 타고난 요부라 할지라도 죽으면 그만이다."

그는 말을 마치자마자 돌연 어깨에 짊어지고 있던 소연의 치맛자락을 짝 찢으며 통나무를 던지듯 땅바닥에 그대로 던져 버렸다.

“아악!”

소연은 돌연한 사유빈의 행위에 자지러지게 비명성을 내질렀다.

뼈가 부서지는 듯한 아픔이 느껴졌다.

그녀는 드러난 하체를 가릴 생각도 하지 않은 채 벌떡 일어서며 앙칼지게 외쳤다.

“이게 무슨 짓이에요!”

사유빈은 아무 말 없이 말 위에 앉은 채 그녀를 내려다 볼 뿐이었다.

그의 눈길은 무심(無心), 그 자체였다.

소연은 여전히 백옥 같은 허벅지를 가리지 않은 채 외쳤다.

“어서 저를 말에 태워 주세요.”

그제야 사유빈은 담담한 음성으로 말했다.

“너를 다시 안장에 끌어올리려면 구태여 땅바닥으로 던질 필요가 있었겠느냐?”

원래 소연은 다리를 꼬며 유혹할 생각이었는데 사유빈의 말에 금세 안색이 굳어지며 앙칼지게 외쳤다.

“그럼 나를 이곳에 버릴 생각으로 데려왔단 말이에요?”

사유빈은 퉁명스럽게 대꾸했다.

"그렇다."

소연은 어이가 없을 지경이었다.

"도대체 이게 무슨 짓이에요!"

사유빈은 빙긋이 웃어 보이더니 더 이상 대꾸하지 않고 천천히 말을 몰았다.

말발굽 사이에서 작은 황진(黃塵)이 일었다.

그는 원래 남에게 상세한 설명을 해주지 않는 성미였다.

특히 여자에겐 더욱 무뚝뚝한 것이 어느덧 습관이 되어 있었다.

"흑흑흑~~~!"

소연은 마침내 울음을 터뜨리고 말았다.

그녀는 이 세상에서 제일 악독한 욕설이란 욕설은 다 퍼부으며 서글프게 울어댔다.

그녀가 통곡하는 이유는 말에서 내던져진 아픔 때문이 아니었다. 또 십여 리를 걸어야 하는 고통 때문도 아니요, 집에 돌아간 후 조양이 자기를 믿어 주지 않을 것이 두려워서도 아니었다.

보나마나 조양은 사유빈과 소연이 깨끗한 사이라고는 믿지 않을 것이 뻔했다. 만약 사유빈이 정말 그녀를 범했다면 그녀는 아마 이렇게 서러워하지는 않을 것이다.

무릇 세상에는 무엇이 수치고, 무엇이 모독인지 구별하지 못하는 여자들이 많다.

소연은 바로 그런 종류의 여자였다.

지금 그녀는 터무니없는 모욕과 수치를 느끼고 있는 것이다.

사실 사유빈은 부인을 빼앗긴 남편의 좌절감이 어떤 것인가를 보여주고 싶어서 이런 행동을 한 것이다.

아마 그녀는 죽을 때까지 사유빈의 뜻을 모를 것이다.

그리고 조양에게는 이번 일이 더 없는 교훈이 되었을 것이다.

04

휘영청 밝은 달이 눈부신 빛을 뿌렸다.

그로 인해 세상은 교교로운 달빛 속에 사로잡혀 은근한 아름다움에 휩싸여 있었다.

제천맹의 당주 유운검객 탁천양은 자신의 거처에서 옷을 벗고 있었다. 그는 바로 사흘 전에 신부를 맞이했다.

늘그막에 맞이한 아내는 눈부시도록 아름다웠다.

그녀의 아름다움은 보면 볼수록 새로운 맛이 있었다.

오늘도 그랬다.

　　신부 여옥의 모습은 그렇게 아름다울 수가 없었다.

　　하늘거리는 황촉빛은 그녀의 빠알간 도화빛 뺨에서 춤추듯 하늘거렸다.

　　"옥매! 당신은 오늘따라 유난히 아름답구려."

　　유운검객 탁천양은 아내의 가는 허리를 휘어감으며 나직이 속삭였다.

　　여옥은 얼굴을 붉히며 살짝 허리를 틀어 그의 손길을 피했다.

　　"허허, 당신은 아직도 부끄러운 것이오?"

　　탁천양은 그녀가 사랑스러워 견딜 수 없다는 듯 도화빛 뺨을 다정스레 어루만졌다. 이어 그녀를 밀어 침상에 쓰러뜨린 후 여옥의 앞섬에 손을 집어넣었다.

　　여옥은 그의 손길을 거부하지 않고 꿈꾸듯 나직한 어조로 속삭였다.

　　"불을 꺼 주세요."

　　탁천양은 빙그레 웃으며 뒤도 돌아보지 않고 일지(一指)를 날려 촛불을 껐다. 그리고는 사랑스런 아내의 몸을 가린 거추장스러운 옷을 벗기려 했다.

　　여옥은 섬세한 교구를 살짝 틀었다.

　　"제……, 제가 벗겠어요."

　　부끄러운 듯 작게 속삭이며 옷을 벗기 시작했다.

사르륵 사르륵~.

세상 남자에게 있어 여인의 옷 벗는 소리보다 더 자극적인 소리는 없을 것이다. 그 소리는 바로 아늑한 휴식과 풍요로운 안주(安住)를 뜻하는 것이기에 그럴 것이다.

탁천양 또한 아내의 옷 벗는 소리를 들으며 묘한 충동에 사로잡혔다. 요즘 들어 부쩍 성능이 좋아진 그의 아랫도리는 어느새 뿌듯해지고 있었다. 이윽고 서늘하고 매끄러운 동체가 탁천양의 몸에 부딪혀 왔다.

“아아……!”

탁천양은 솟구치는 욕정을 억제하지 못하고 아내의 몸을 힘차게 끌어안았다. 그리고 그녀의 풋과일처럼 신선한 몸에 닥치는 대로 입술 세례를 퍼부었다.

“응, 으음…….”

그녀의 입에서 사내의 욕정을 자극하는 단내가 풍겨 나왔다. 그리고 그녀의 몸은 점차 뜨거워지기 시작했다.

그런 그녀의 모습은 탁천양의 욕정에 더욱 불을 붙였다.

그녀는 사내의 등을 휘어 감았다.

탁천양의 입술은 여인의 벽옥빛 목덜미에서 주루룩 흘러내려 익을 대로 익은 젖가슴에 와 닿았다.

“하아……!”

여인의 살 내음은 비릿했다. 그러나 그 비릿한 내음이 주는 유혹은 엄청났다.

여인은 탁천양의 입술이 내뿜는 열기가 심해질수록 점점 더 높은 신음을 토해냈다.

"아악~, 학……!"

여인은 정작 본격적인 작업을 시작하기도 전에 산마루를 혼자 헐떡이며 넘고 있었다.

탁천양은 더할 수 없이 기분이 좋아졌다.

무릇 사내들이란 품속의 여인이 흥분하는 모습을 바라보며 더욱 은밀한 쾌감을 느끼는 속성을 갖고 있다.

그런데 그 순간 믿기지 않는 일이 발생했다.

욕망의 물결을 타고 넘실대던 신음 소리가 한 순간 뚝 그친 것이다. 탁천양은 문득 이상한 느낌을 맛보았다.

그의 입술이 닿아 있는 여인의 몸이 조금씩 식어가는 것을 느낀 것이다.

"여옥, 어디가 불편하오?"

여인은 살래살래 고개를 저었다. 그러자 그녀의 삼단 같은 머리가 찰랑이며 그윽한 방향이 풍겨 나왔다.

탁천양은 빙긋이 웃으며 본격적인 입성(入城)을 시작하려 했다.

바로 그때 여인의 목소리가 허공을 갈랐다. 어떻게 들으면 약간은 싸늘한 목소리였다.

"천양, 당신은 저와 혼례를 치루기 전 능홍(陵紅)이란 여인을 간살(姦殺)한 적이 있지 않은가요?"

그녀의 말을 가만히 듣고 있던 탁천양은 그만 깜짝 놀라고 말았다. 어찌나 놀랬는지 하마터면 큰소리로 악을 쓸 뻔했다.

"아, 아니 그게 무슨 말이오?"

여인은 그의 표정에는 아랑곳하지 않고 계속 말을 이었다.

"당신은 처음 그 여인에게 열렬한 구혼(求婚)을 했지만 냉담하게 거절당하자 못 먹는 감 찔러나 본다는 심보로 그 여인을 강제로 욕보인 후 살인멸구(殺人滅口)하지 않았나요?"

살인멸구!

이 네 글자가 여인의 입에서 튀어나오자 탁천양은 부르르 몸을 떨었다.

여인의 말은 틀림없는 사실이었다.

하늘에 맹세코 누구도 모르는 일이건만 사랑하는 아내가, 그것도 이제 혼례를 치른 지 사흘 밖에 안 되는 아내의 입에서 그 일이 튀어나오다니 있을 수 없는 일이었다.

탁천양은 한순간 자신의 귀를 의심했다.

"탁천양! 네놈은 그 일을 부인할 셈이냐?"

탁천양은 입이 딱 벌어졌다.

자신과 한평생 몸을 맞대고 살아야 할 이 여인이 이젠 욕설까지 마구 해대지 않는가?

"다…… 당신!"

여인은 누운 채 조용히 말했다.

그의 음성은 마치 아무 감정이 없는 건조한 느낌마저 주었다.

"그 여인은 가엾은 여인이었다. 어린 남동생과 단 둘이 열심히 살아가던 착한 여인이었지. 그런 여인을 죽이고도 너는 뻔뻔스럽게 혼례를 치르고 편히 살 수 있을 것 같았느냐?"

"다…… 당신은 도대체……."

"어떻게 알았느냐고 묻고 싶은 거냐?"

탁천양은 어쩔 수 없이 대답했다.

"그렇소."

"흥!"

여인은 싸늘한 코웃음을 쳤다. 그리고 그녀의 입에서 믿을 수 없는 말이 튀어나왔다.

"나는 네놈의 아내가 아니기 때문이다!"

순간 어둠 속에서 싸늘한 한망이 번쩍였다. 그것이 탁천양이 이 세상에서 마지막으로 본 광채였다.

"우욱!"

한 자루의 소도(小刀)가 탁천양의 심장을 꿰뚫고 자루까지 깊숙이 박혔다.

여인은 갑자기 무거워진 탁천양의 몸을 밀쳐내고 침상에서 내려섰다.

"탁천양, 여인의 몸이란 원래 비싼 법이다!"

여인은 빠르게 벗었던 옷을 다시 입었다.

그리고는 탁천양의 시신을 바라보며 싸늘한 조소를 던졌다.

"나는 황천루의 운향이다. 아깝게도 너는 이미 내 말을 듣지 못하겠구나."

그녀는 나직이 탄식한 후 쓰러진 탁천양의 시신을 안아 들고 몸을 날려 사라졌다.

실내에는 쥐 죽은 듯한 고요가 찾아 들었다.

언제 무슨 일이 있었던가? 하고 말이다.

제9장

신주 대공자

01

황천루와 만해루!

이제 낙양 땅에서 이 두 곳의 명성을 따라잡을 것은 아무것
도 없었다.

〈천하막여만사해(天下莫如萬事解)〉

천하의 어떠한 일이든지 해결해 준다는 강호제일의 해결
사.

그는 가장 빠른 시일에 가장 화려하게 무림에 등장한 인물
이 되었다. 천하인들은 그를 칭송하고 그의 진면목을 보고자
아우성쳤다.

그러나 그는 끝내 모습을 드러내지 않았다. 그것이 더욱 그의 명성을 치솟게 하는 결과를 가져왔다.

억울한 일을 당하고도 힘이 없어 복수하지 못했던 사람들, 가진 자와 쥔 자에 눌려 숨조차 크게 내쉬지 못했던 사람들, 벙어리 냉가슴을 앓듯 혼자 끙끙대던 그 모든 사람들이 하나, 둘 무리를 지어 낙양으로 몰려들었다.

원수의 피를 마시기 위해 황천루로, 가슴에 맺힌 고민거리를 해결하기 위해 만해루로 그렇게 몰려든 것이다,

그런데, 삼 일(三日) 전, 강호제일 해결사의 명성을 더욱 드높여 준 결정적인 사건이 발생했다.

황천루와 만해루의 해결 방법에 불만을 품은 일부 무림인들이 합세하여 두 곳을 일제히 기습한 것이다.

그러나 결과는 너무도 참혹했다.

기습을 감행했던 삼백여 명의 무림인들이 모조리 떼죽음을 당한 것이다.

그리고 그들의 수급은 사흘 간 황천루 문전에 한 장의 경고문과 함께 걸려 있었다.

〈강호제일 해결사에게 무례한 자는 죽음뿐이다.〉

이 참혹한 사건은 온 강호를 경동(驚動)케 했다.

그 결과, 마도인(魔道人)들에게는 그가 가장 공포스러운 존재로 부각 되었고, 반대로 힘없는 정도인(正道人)들에게는 우상(偶像)과 같은 존재로 인식되었다. 그러나 마도인이나 정도인이나 풀리지 않는 수수께끼를 가슴에 안고 있기는 마찬가지였다.

그는 과연 누구인가?

도대체 그는 언제쯤 진면목을 드러낼 것인가?

02

낙양에서 사람들에게 묻는다.

"낙양의 제일 명물이 무엇이오?"

사람들은 주저 없이 답한다.

"낙양의 제일 명물을 꼽으라면 단연 황천루와 만해루가 으뜸으로 꼽힌다오."

"그럼 그 두 곳을 제외하고는 아무것도 없소?"

사람들은 역시 주저 없이 답한다.

"왜 없겠소. 천외루(天外樓)라는 풍류장(風流莊)이 있는데 그곳이 낙양의 또 하나의 명물이라오."

천외루.

기루(妓樓)와 도박장(賭博場)을 겸하고 있는 중원 제일의 풍류장으로 술과 여자, 그리고 도박까지, 이곳에는 놀고 즐기는 데 부족한 것이 없다.

한량들이 좋아하는 모든 것이 완벽하게 구비된 제일의 풍류장이 바로 천외루인 것이다.

어둠이 한껏 자태를 뽐내는 초경 무렵, 천외루의 내원(內園)에는 줄잡아 이십여 대의 마차가 서 있었다.

값비싼 철목(鐵木)으로 만들어진, 고급스러우면서도 화려하게 치장이 되어 있는 사두마차들은 권문세도가(權門勢道家)나 대부호의 소유인 듯 그 모습이 한결같이 위풍당당했다.

한쪽 옆에는 예닐곱 명의 마부(馬夫)들이 모여 앉아 한담을 나누고 있었다.

그때였다.

두두두두!

멀리 천외루의 정문이 열리며 한 대의 호화찬란한 마차가 천천히 달려왔다.

"아! 신주 대공자(神州大公子)! 신주 대공자의 마차다!"

한담을 나누고 있던 마부들 중 염소수염 같은 턱수염을 가진 마부 하나가 마차를 발견하고는 깜짝 놀라 외쳤다. 그의 외침에 다른 마부들도 일제히 고개를 돌려 마차를 바라보았다.

그 호화찬란한 팔두마차는 웅장한 위용을 뽐내며 천천히 달려오고 있었다.

마부들은 그 마차를 본 순간 네 번이나 거듭 놀라고 말았다.

먼저 그 팔두마차의 호화로움에 놀라고, 다음에는 거대한 크기에 놀라고, 세 번째는 마부석에 앉은 금의궁장 소녀의 용모에 넋을 잃었다. 그러나 그들을 가장 크게 놀라게 한 것은 그 마차가 무엇을 상징하는가였다.

신주 대공자!

육 개월(六個月) 전 홀연히 강호에 출현한 신비공자(神秘公子), 바로 그가 늘 타고 다니는 마차가 바로 여기 눈앞에 있는 팔두마차다.

마치 움직이는 궁전처럼 호화롭고 거대한 그 마차는 어느새 무림인들의 뇌리에 신주 대공자의 상징처럼 각인 되었다.

그러나 그 마차의 주인이 누구라는 것을 알 뿐, 그의 신분과 내력, 성명 일체는 모두 신비에 싸여 있었다. 그런데도 그는 단 육 개월이라는 짧은 기간에 당대 강호 제일의 풍류 공자로 부상하였다.

그는 시서(詩書)를 비롯한 칠예(七藝)에 달통했으며, 상상도 못할 만큼의 부(富)를 축적하고, 또한 도박(賭博)의 귀재(鬼才)로 소문이 자자했다.

그러나 그 어느 것도 그가 가진 용모와 견주기는 힘들었다.

그의 용모는 천하제일의 미공자라는 송옥이나 반안마저도 비교조차 할 수 없을 정도로 극히 뛰어났다.

오죽하면 그의 미소 한 번에 천 명의 여인이 황홀감에 도취되어 깨어나지 못하고, 그가 한 번 찡그리면 만 명의 여인이 목을 놓아 통곡한다는 말이 사실처럼 나돌고 있겠는가?

신주 대공자!

그는 당금 무림 최대의 파란을 몰고 온 강호 제일의 해결사와 함께 현 강호에 최고의 신비 인물로 꼽히고 있는 일대기남(一代奇男)이다.

이히히힝!

팔두마차는 요란한 말 울음 소리와 함께 내원 중앙에 멈춰 섰다.

마부석에 앉아 있던 금의궁장 소녀가 재빨리 뛰어내려 마차의 문을 공손하게 열었다.

마부들은 동경과 호기심 가득한 눈으로 일제히 마차의 문을 주시하였다.

마차에서 천천히 걸어 나온 사람은 과연 눈이 번쩍 뜨일 만한 용모를 지닌 이십 대 가량의 미공자였다.

하늘로 약간 치솟은 짙은 검미와 서글서글한 눈, 그리고 화려한 용봉수를 아로새긴 감색단삼(紺色單衫)이 멋지게 어울렸다.

놀랍게도 그는 바로 냉한성이었다.

야화궁주이며 사도대종사의 신분에 강호 제일의 해결사라는 세 가지나 되는 자리를 가지고 있는 그가 바로 신주 대공자였다.

만약, 이 네 명의 인물이 한 인물의 변신이었음이 강호에 알려진다면 강호인들의 충격은 과연 어느 정도일까?

"아!"

"과연!"

신주 대공자 즉 냉한성의 용태를 대한 마부들은 제각기 경의에 찬 탄성을 내뱉었다.

냉한성은 금의궁장 소녀에게 무엇인가를 나직이 지시한 후, 유유히 천외루 안으로 걸음을 옮겨갔다.

"하하하!"

"호호호~!"

맑은 웃음소리가 실내에 가득했다.

늦은 밤인데도 불구하고 일 층 기루는 만원이었다.

그곳에는 장명등(長明燈)이 화려하게 밝혀져 있어 실내를 대낮같이 비추고 있었다.

탁자마다 가득하게 차려져 있는 산해진미는 화려한 차림의 고객들의 입을 즐겁게 하였고, 하나같이 정성스럽게 단장하고 웃음을 파는 기녀들은 그들의 눈과 귀를 만족시켰다.

그 순간, 입구로 들어선 냉한성의 모습을 발견한 몇몇 사람의 입에서 놀람에 찬 탄성이 터져 나왔다.

"앗! 신주 대공자!"

"신주 대공자가 나타났다!"

탄성을 발한 몇몇 기녀들 중에는 그를 보자마자 상당 수의 여인들이 벌써 몸을 비비꼬며 공연히 얼굴을 붉히고 있었다.

그러나 그런 기녀들의 눈빛을 무시한 채 무심한 냉한성의 몸은 벌써 이 층 계단을 오르고 있었다.

'너무 잘 생겨도 때로는 골치 아프군.'

냉한성은 계단을 오르며 내심 중얼거렸다.

이 층은 도박장이었다.

일 층과 마찬가지로 이곳 도박장도 거의 빈 자리가 없이 광란의 열기와 많은 사람들로 붐비고 있었다.

광란의 열기 이것은 도박장만이 갖는 유일한 특징일 것이다.

그가 이 층에 들어서자 계산대에 앉아 회계를 보던 노인이 냉한성을 발견하고는 벌떡 자리에서 일어났다.

'신주 대공자!'

그는 냉한성과 구면이었다.

냉한성은 신주 대공자의 신분으로 몇 차례 이곳을 출입한 적이 있었기 때문이다.

노인은 곧 황망히 냉한성에게로 달려가 깊숙이 허리를 숙였다.

"어서 오십시오. 대공자님!"

그가 허리를 펴기도 전에 또 한 명의 중년인이 냉한성에게로 다가와 정중히 고개를 숙였다.

"대공자님, 오랜만에 뵙겠습니다."

그 중년인은 다름 아닌 이 층 도박장을 관장하고 있는 장방(莊方) 육대평(六大平)이었다.

냉한성은 도박장 안을 천천히 둘러보며 점잖게 말했다.

"흠, 영업이 잘되는군."

"하하~ 덕분에, 자! 삼 층으로 오르시지요."

"그럴까?"

냉한성은 곧 육대평의 안내를 받으며 삼 층으로 올라갔다.

삼 층은 이곳을 출입하는 고객들 중에서도 특수한 신분의 소수인만이 출입할 수 있는 말하자면 귀빈실 같은 곳이었다.

그곳의 호화로움은 이 층에 비할 바가 아니었다.

널따란 통로 좌우로 수십 개의 방들이 줄줄이 늘어서 있었다. 통로 바닥에는 푹신한 자단피가 깔려 있었다.

통로를 걸으며 육대평이 입을 열었다.

"대공자님 마침 잘 오셨습니다. 홍실(紅室)에는 당대인(唐大人)께서 지금 한참 도박 중이십니다."

냉한성의 두 눈이 일순 야릇한 광채를 발했다.

그러나 그것도 한순간일뿐 그는 곧 담담하게 되물었다.

"만전장(萬錢莊)의 장주 당백(唐帛) 말인가?"

"그렇습니다. 당대인이라면 여러모로 대공자님과 좋은 상대가 될 것입니다."

냉한성은 담담히 미소를 지었다.

"그렇군. 그 정도 인물이라면 부담 없이 상대할 만하군. 백만 냥쯤 잃어도 그라면 과히 추한 꼴을 보이지 않을 테니……."

"하하하! 바로 그렇습니다. 당대인은 소심한 분이 아니죠."

육대평은 유쾌하게 웃으며 한마디 덧붙였다.

"하지만 당대인도 결코 만만치는 않을 겁니다. 그분도 낙양 땅에서는 둘째가라면 서러워할 일류 도박사가 아닙니까?"

냉한성은 씽긋 웃더니 담담하게 말했다.

"그럼 내가 백만 냥쯤 잃어 주면 될 게 아닌가? 밑천 떨어지면 괄세 하지나 말게."

그 말에 육대평은 다시 파안대소를 터뜨렸다.

"하하하하~, 여부가 있겠습니까? 소생 죽기 전에 대공자님께 노름 밑천을 융통해 드리는 영광을 얻는다면 죽어도 여한

이 없을 것입니다.”

“하하하!”

두 사람은 연신 웃어댔다.

냉한성과 육대평은 통로를 지나 마침내 한 실내에 들어섰다.

실내는 극히 화려했다.

중앙에는 상아(象牙)를 정교히 다듬어 만든 진귀한 탁자가 놓여 있었다. 그리고 탁자 곁에는 위엄 있게 생긴 금포(金袍) 노인과 이십 세 가량 되어 보이는 아리따운 여인, 그리고 세 명의 화의 중년인이 앉아 있었다.

냉한성이 실내에 들어서자 중앙에 앉아 있던 금포 노인이 반갑게 그를 맞았다.

“어? 신주 대공자가 아니신가. 어서 오시오!”

그가 정색을 하며 반기자 그의 옆에 있던 세 명의 화의인들도 한 마디씩 인사말을 건넸다.

“어서 오시오! 신주 대공자.”

“그동안 신주 대공자의 명성을 귀가 따갑도록 들어왔는데 오늘 직접 그 솜씨를 보게 되었구려. 하하하!”

냉한성은 가벼운 목례로 인사를 대신하고 가벼운 미소를 지으며 겸손하게 말했다.

“하하, 본시 강호의 소문이란 실(實) 보다는 허(虛)가 많은

법, 여러분의 과찬은 감당치 못하겠습니다. 오히려 합석할 기회를 주신 여러분께 감사드립니다.”

그의 태도는 정중하면서도 은연중 상대방을 압도하는 힘이 들어 있어 상대로 하여금 절로 위축감을 느끼게 했다.

말을 마친 냉한성은 금포 노인의 맞은 편에 앉았다.

금포 노인은 냉한성이 들어선 순간부터 시종 여유로운 미소를 머금고 그를 찬찬히 살피고 있었다.

‘음, 약관의 나이에 저러한 기도(氣道)를 풍길 수 있다니! 신주 대공자의 명성은 소문보다 더 하구나.’

내심 그렇게 생각할 때 그의 눈에서 그윽하면서도 투명한 신광이 번뜩였다.

냉한성은 그 번뜩이는 신광을 놓치지 않았다.

‘흠, 저런 신광을 뿜어낼 수 있는 고수는 강호에서 흔한 게 아니지. 강호인들은 그의 엄청난 재력(財力)만 알았지 그가 일신에 절학을 숨긴 고수임을 모르고 있으니…….’

냉한성의 두 눈에서도 일순 기이한 광채가 번뜩였다.

그러나 그 광채는 나타났을 때보다 더욱 빠르게 사라졌다.

냉한성과 금포 노인!

표면상으로는 그저 우연히 만난 것 같은 그들이었으나 분명 내심 보이지 않는 비수를 품고 있었다.

이 금포 노인이 강북제일(江北第一)의 대부호(大富豪) 당백이었다.

북육성(北六星)에 있는 전장(錢莊)의 거의 대부분이 그의 소유였고, 대륙의 곳곳에 있는 도박장도 삼백여 개나 운영하고 있었다.

어디 그뿐이랴!

천하상권(天下商權)의 중심지인 경사(京師)와 낙양(洛陽), 그리고 금릉(金陵)에 있는 육십팔 개의 금은방(金銀房) 주인이 바로 그였다. 그러나 이것들도 그의 재부(財富) 중 빙산의 일각에 불과했다.

그의 재부는 황실(皇室)을 능가하여 실로 일국(一國)을 사고도 남을 정도라고 전해진다. 하지만 그는 자신의 진정한 재력이 세상에 알려지는 것을 극구 피하려는 인물이었다.

"하하하!"

문득 당백이 호쾌한 대소를 터뜨리고는 감탄했다는 듯 말했다.

"신주 대공자의 영명이 중원 땅을 진동하더니, 과연 오늘 그것이 명불허전(名不虛傳)임을 알았소."

"과찬의 말씀입니다."

그의 말에 당백은 고개를 저었다.

"허허~. 아니오, 신주 대공자를 칭찬한 것이 과찬이라면 이제 이 늙은이는 벙어리가 되어야 하겠소이다."

당백은 잠시 말을 끊었다가 다시 이었다.

"이렇게 만난 것도 인연인데 우리 오늘의 운수가 어떤가 시험해 봄이 어떻겠소?"

냉한성은 빙긋 웃으며 말했다.

"둘이서 말씀입니까?"

당백은 가볍게 고개를 끄덕였다.

"그렇소! 대공자와 나! 단 둘만의 승부요."

당백은 넌지시 도박을 청해왔다.

비록 정중한 권유였으나 그것은 명백한 도전이었다.

순간 실내에 있던 모든 사람들의 시선이 일제히 냉한성에게 쏠렸다. 강북제일의 대부호와 추측할 수 없을 정도의 재력을 지녔다는 당대 제일기남 신주 대공자의 한 판 승부에 대한 호기심이 동한 것이다.

냉한성은 한동안 생각하더니 만면에 부드러운 미소를 짓고는 나직이 말했다.

"영광입니다. 도박의 귀재로 정평이 나 있는 당대인과 운을 시험해 볼 기회가 어디 흔하겠습니까?"

당백은 내심 쾌재를 불렀다.

'흠, 제대로 걸려들어 주는군!'

그는 마음속의 비수를 다듬으며 겉으로는 여전히 부드러운 미소를 잃지 않았다. 그러나 그는 냉한성의 입가에 한 줄기 미미한 조소가 스쳐갔음을 전혀 눈치채지 못했다.

'당백, 너는 내가 너의 머리 꼭대기에 올라앉아 있음을 짐작도 못할 것이다. 후후후~.'

두 사람이 그렇게 마음속의 비수를 다듬고 있을 때 장방 육대평이 오색 찬란한 취옥쟁반을 들고 실내로 들어왔다.

그는 취옥쟁반을 공손히 탁자 위에 내려놓으며 말했다.

"두 분 귀빈께서 본루를 찾아 주신 은혜에 보답코저 조그만 성의를 표합니다. 마음에 드실는지 모르겠습니다."

육대평이 내려놓은 취옥쟁반 위에는 마작(麻雀)을 비롯하여 패구(牌九), 검패(劍牌) 등 각종 도박기구가 가득 담겨 있었다.

쟁반을 내려다보고 있던 냉한성이 나직이 탄성을 터뜨렸다.

"호오! 이것은 서장(西欌)에서만 난다는 희귀한 운귀조석(雲貴鳥石)으로 만든 마각패가 아니오?"

당백은 연이어 호쾌한 대소를 터뜨렸다.

"하하하~. 역시 대공자께서는 이 방면에도 일가견이 있구려. 명장(名將)만이 명검(名劍)을 알아보는 법, 오늘의 도박은 유난히 흥미롭겠구려. 하하하!"

육대평은 두 사람의 칭찬에 송구스럽다는 듯 연신 허리를 굽실거렸다.

준비가 다 된 듯하자 냉한성이 품속에서 한 장의 전표를 꺼내 탁자 위에 내려놓으며 말했다.

"지나가던 길에 들린지라 수중에 이것밖에 없구려. 대신 단판 승부를 내는 것이 어떻겠소?"

그가 대수롭지 않게 내민 전표의 액수를 확인한 중인들은 순간 놀람에 찬 탄성을 질렀다.

"헉! 오, 오백만 냥!"

"오백만 냥을 단 한 판에 건다고?"

냉한성이 내민 전표는 놀랍게도 거금(巨金) 오백만 냥의 액수를 표기해 놓은 것이었다.

사실 실내에 있던 인물들도 만 냥 한도 내에서는 물 쓰듯 쓰는 내노라하는 부호들이었다. 그러나 이런 거금에는 그들도 눈이 휘둥그레지지 않을 수 없었다. 더구나 그런 거금을 단판 승부에 걸겠다니 그들로서는 까무러치지 않은 것만 해도 다행이었다.

주위에 있던 사람들 중 놀라지 않은 사람은 당백뿐이었다.

그는 시종 얼굴에 미소를 잃지 않고 여유롭게 앉아 있을 뿐이다.

"하하하! 역시 대공자다운 뱃심이오. 그럽시다."

담담히 응수하는 그의 태도는 너무도 태연했다.

순간 야릇한 미소를 지으며 냉한성을 조용히 주시하는 한 쌍의 아름다운 눈이 있었다.

그 눈의 주인은 당백의 곁에서 시종 침묵을 지키고 앉아 있는 자의 여인(紫衣女人)이었다.

자의 여인의 용모는 진정 눈부셨다.

갸름한 얼굴에 오뚝 솟은 콧날, 우윳빛 피부와 함초롬히 젖어 있는 입술, 전신에서는 유혹의 향내가 물씬 풍겨 나와 보는 이의 숨통을 막을 지경이었다.

그녀는 지금껏 단 한 번도 입을 열지 않았지만 그 빼어난 자태의 아름다움은 은연중 실내에 봄바람 같은 생기(生氣)를 불어넣고 있었다.

자의 여인과 냉한성의 눈길이 정면으로 마주쳤다.

냉한성이 들어오고부터 한 번도 그에게 눈을 떼지 않은 그녀였기에 냉한성이 그녀를 쳐다본다면 어쩔 수 없이 마주치게끔 되어 있었다.

순간 자의 여인의 눈빛이 기이하게 흔들렸다.

그녀는 약간 수줍은 듯 살며시 고개를 숙였다.

-오랜만이군요. 소주(小主)!-

-수고가 많다. 아란(雅蘭)!-

두 사람 사이에 재빠른 전음이 오고 갔다.

지금 두 사람이 펼친 전음은 입을 열지 않고도 단지 뜻만으로 서로의 의사를 전달한다는 전설상의 전음술인 혜광심어였다.

아란이라고 불린 자의 여인은 냉한성이 미리 침투시킨 첩 자였다. 그녀는 본래 야화궁의 삼대재녀(三代才女) 중 하나로 꼽혔던 바, 그 타고난 미모와 일신에 지닌 절학은 가히 세인 들의 상상을 초월하는 것이었다.

그녀는 타고난 미모로 당백에게 접근한 지 삼 개월만에 당 백의 사랑과 신임을 한몸에 받고 있었다.

당백은 무엇이 떠올랐는지 만면에 부드러운 미소를 머금으 며 입을 열었다.

"들자 하니 대공자께서는 미녀를 수집하는 고상한 취미가 있다던데 사실이오?"

냉한성은 대수롭지 않은 일이라는 듯 가볍게 고개를 끄덕 였다.

"고상한 취미라는 표현은 어울릴지 모르겠으나 사실입니 다."

"하하하!"

냉한성의 약간 비꼬는 듯한 말투에 당백은 어색한 웃음을 터뜨렸다. 이어 그는 자신의 곁에 있는 자의 여인을 홀깃 바 라본 후 말을 이었다.

"대공자의 높은 안목으로 보시기에 이 아이는 어떻소? 수 집 대상에 낄 만 하오?"

냉한성은 그가 그런 말을 갑자기 꺼내는 저의를 모르겠다는 듯 잠시 묵묵히 그를 바라보았다.

그러더니 잠잠히 고개를 끄덕이며 말했다.

"충분합니다. 나 또한 몇몇 쓸 만한 아이들을 데리고 있으나 솔직히 말해 저 여인보다 뛰어나다고는 장담할 수 없습니다."

"호오!"

당백은 기분 좋은 탄성을 터뜨렸다.

냉한성이 자신을 칭찬하자 자의 여인의 숙인 얼굴이 금세 도화빛으로 물들었다.

냉한성은 자의 여인을 한 차례 바라본 후 다시 말했다.

"그런데 내가 알기로 저 여인이 당대인의 사랑을 독차지하고 있는 애첩이라 알고 있소만……."

그는 고의적으로 말끝을 흐렸다.

냉한성이 은근히 당백의 저의를 묻는 것이었다. 그러자 당백의 눈에서는 실낱 같이 가는 광채가 뻗쳐졌다가 이내 사라졌다.

"하하하! 대공자께선 풍류에만 능한 줄 알았더니 정보망 또한 대단하시구려. 아란을 집 밖으로 데리고 나온 것은 삼 개월 만에 처음이거늘 본인은 대공자의 능력에 또 한 번 감탄하는 바이오."

그러나 냉한성은 시종 담담한 미소를 잃지 않았다.

"강호에서 풍류인이라고 자처하는 사람이라면 누구나 알고 있는 사실입니다. 당대인께서는 오늘 나의 얼굴에 너무 휘황한 금칠을 하시는 것 같습니다."

당백은 정색을 하며 말했다.

"만약 오늘 도박에서 대공자가 승리한다면 이 아이를 함께 드리겠소."

그 순간 냉한성의 눈빛이 미미하게 흔들렸다.

'이 능구렁이가 무슨 수작을 부리려는 것일까?'

아란은 뜻밖의 말이라는 듯 안색이 변했다.

그러나 그녀의 입가에 곧 희미한 미소가 떠올랐다.

이어 냉한성의 귓전으로 짤막한 전음을 날렸다.

―소주, 그의 제의를 승낙하세요. ―

냉한성도 그 순간 이미 짚히는 바가 있어 당백을 주시하며 담담히 입을 열었다.

"보아하니 당대인께서는 오늘의 승부에 대단한 자신감을 갖고 있는 것 같군요. 좋습니다! 승낙합니다."

그는 아란을 무심한 눈길로 흘깃 바라본 후 다시 입을 열었다.

"허나 나는 지금껏 공평치 못한 도박을 해본 적이 없습니다. 만약 내가 패한다면 나 역시 그에 버금가는 여인 한 명을 당대인께 드리겠습니다."

당백은 잠시 여유를 두었다가 곧 유쾌하게 대답했다.

"하하! 좋소이다. 그것 참 공평한 방법이오."

03

천만 냥의 거금과 미녀까지 곁들인 단 한 판의 승부는 이미 시작되었다. 어마어마한 도박임에도 불구하고 냉한성의 표정은 여전히 처음과 같이 담담했다.

어떻게 보면 남이 하는 도박을 옆에서 무심하게 구경하는 사람 같았다. 당백이 패를 다 돌리고 자신의 패를 느릿하게 검토해 볼 때까지도 그는 그저 묵묵히 앉아 있기만 했다.

신중히 자신의 패를 검토하던 당백의 입가에 희미한 미소가 떠올랐다. 이어 그는 가벼운 동작으로 자신의 패를 하나씩 뒤집기 시작했다.

그 동작은 마치 승리를 확신한다는 듯 자신에 차 있었다.

당백은 자신의 패를 모두 뒤집어 놓고는 교의에 깊숙이 몸을 파묻었다.

이미 승부는 결정 났다는 행동이었다.

"아! 오황패(五皇牌)⋯⋯!"

"오황패다!"

곳곳에서 탄성이 터져 나왔다.

당백의 패는 일홍패(一紅牌) 네 개와 하나의 왕패(王牌)로
이루어진 오황패였다.

오황패!

이 패는 패구(牌九)에서 두 번째로 높은 점수였다.

"당대인 제가 이긴 것 같습니다."

당백은 어이가 없다는 표정을 떠올렸다.

"아니, 대공자는 패도 펴 보지 않고 어찌……?"

'후후, 여우 같은 늙은이, 능청은…….'

냉한성은 내심 실소를 금치 못했다.

"당대인께서 이미 짐작하고 있듯이 나의 패는 영상개화(永
上開花)이기 때문입니다."

영상개화!

패구에서 가장 높은 점수가 영상개화였다.

과연 탁자 위에 보기 좋게 펼쳐진 냉한성의 패는 틀림없는
영상개화였다.

당백의 두 눈이 퉁방울처럼 튀어나왔다.

'이놈이 혹시? 그럴 리가 없지.'

그는 망연자실한 눈으로 냉한성의 패를 더듬었다.

"음!"

"하하하! 제가 일진이 좋은 모양이군요."

냉한성은 깔깔대고 웃으며 내심 생각했다.

‘네놈의 연극이 너무도 서툴구나. 스스로 도박에 패하고도 그런 표정을 짓는다고 내가 넘어갈성 싶은가? 후후…….’

그 순간 냉한성의 귓전으로 아란의 전음이 날아들었다.

―소주! 소주께서도 이미 그의 의도를 간파하고 계셨군요.―

―후후후, 그렇다. 놈은 너를 나의 곁에 두어 나의 뒤를 캐자는 수작이 아니냐? 네가 내 첩자임을 꿈에도 모르는 채 말이다.―

―소주의 눈을 속이는 것은 하늘을 속이기보다 힘들군요.―

아란의 얼굴에는 감동의 빛이 일었다.

―아란! 끝까지 철저히 그를 속여야 한다. 그런 표정보다는 무척이나 아쉽다는 표정으로 있어야지.―

당백이 호탕하게 웃었다.

“하하하! 졌소. 이 당모가 도박에서 지는 때가 있을 줄은 정말 꿈에도 생각지 못했소.”

당백은 얼굴을 돌려 아란을 응시했다.

“아란! 너는 대공자를 따라가거라!”

당백의 눈은 패배감에 젖어 있기보다는 기이한 눈빛이 섬전처럼 스치고 지나갔다.

아란의 얼굴은 아쉬움으로 가득했다.

“그래도 어찌 그렇게 쉽게…….”

당백이 그녀의 말을 끊었다.

"괜찮다. 강호 여인들이 모두 꿈에도 그리는 대공자에게 가는 것이 뭐가 아쉬우냐. 아마도 넌 나 같은 늙은이는 사흘도 못 가서 까맣게 잊게 될 것이다."

－당백 너의 연기가 일품이구나.－

냉한성은 내심 실소를 터뜨리며 자리에서 일어났다.

"양보해 주셔서 감사합니다. 이만한 미녀가 또 있다면 대인과 언제까지나 도박을 해도 싫증이 나지 않을 것 같습니다. 다음 기회에 또 이런 자리를 만들어 보겠습니다. 하하하!"

그는 아란에게 다가가 손을 내밀었다.

"갑시다. 소저."

아란은 수줍은 듯 고개를 떨구고는 곧 그의 손을 잡고 일어섰다.

"부끄럽습니다. 공자님!"

"부끄럽다니? 그건 여기를 나간 후 밤에나 하는 소리요. 하하하!"

냉한성은 아란과 함께 입구로 걸어갔다.

당백의 모습을 돌아보는 아란의 만면에 아쉬움이 가득했다.

위장된 표정임에도 그것은 애처롭게 보이기까지했다. 그 모습을 보고 의심을 품을 사람은 아무도 없으리라.

당백 또한 서운한 듯 담담히 말했다.

"잘 가거라!"

냉한성과 아란이 실내에서 사라지자 당백의 입꼬리가 미미하게 올라갔다.

'후후 수고해라, 아란!'

당백의 마음은 그렇게 말했다.

그가 만약 냉한성과 아란의 관계를 조금이라도 알고 있었다면 과연 그렇게 말할 수 있었을까?

뛰는 놈 위에 나는 놈!

바로 그 말이 딱 알맞은 순간이다.

04

두두두두~!

신주 대공자를 상징한다는 호화로운 팔두마차.

마차는 지금 낙양 시내를 벗어나 한적한 관도 위를 질주하고 있었다.

"하하하!"

"호호호!"

마차 안에서는 뭐가 그리 즐거운지 연신 남녀의 낭랑한 웃음소리가 끊이지 않았다.

마차 안에는 휘황찬란한 갖가지 보주(寶珠)와 고급스러운 집기들로 가득했다. 바닥에는 푹신한 남색 유단이 넓게 깔려 있고, 안락을 위한 모든 준비가 다 갖춰져 있어 호사와 화려의 극치를 이루었다.

냉한성과 아란은 중앙에 놓여진 화려한 벽옥탁자를 사이에 두고 마주 앉아 있었다.

"하하하. 어차피 잘된 일이다. 너는 계속 당백에게 충성하는 척하면서 나에 대한 거짓 정보를 놈에게 흘려보내거라. 놈이 나의 일을 더욱 쉽게 해주는구나."

냉한성은 무척 유쾌했다.

자신이 쓴 미인계를 놈은 역으로 자신에게 쓰다니 정말 어처구니없는 일이었다. 그러나 이번 일로 그들을 알고 나를 속이는 좋은 기회가 생긴 것이다.

"호호호, 저는 그 짐승 같은 노인네 곁에서 떨어지게 되어 얼마나 기쁜지 몰라요."

아란도 만면에 화사한 미소를 머금고 통쾌해 했다.

"그런데 아란, 놈에게 얻어낸 정보는?"

냉한성이 웃음을 감춘 채 엄숙하게 물었다.

"소주님의 예측 대로였습니다."

아란은 잠깐 혀로 입술을 적셨다. 그런 모습은 요염하면서도 어딘지 모르게 긴장감이 돌았다.

"당백의 모든 재산은 어디론가 극비리에 흘러 들어가고 있음이 밝혀졌습니다."

"음, 역시 그랬군."

"그의 재산이 흘러 들어가는 곳이 천외마부인지는 확실하게 알아내진 못했지만 십중팔구 틀림없는 것 같습니다."

냉한성은 신중하게 말했다.

"무슨 증거라도 있느냐?"

아란은 고개를 살며시 끄덕였다.

"그렇습니다. 당백의 집으로 보름 간격으로 정확하게 찾아오는 사람들이 있었습니다."

"그들이 누군지 아느냐?"

"혈천오마(血天五魔)!"

"음!"

냉한성은 나직이 신음을 터뜨렸다.

'혈천오마! 그들 역시 석년에 천외마부로 피신했던 인물들이 아닌가? 그렇다면 당백의 배후는 천외마부 그들이 분명하다.'

아란은 아란대로 깊은 상념에 빠져 있었다.

이 모든 사실을 알아내기 위해 그 짐승 같은 당백에게 소중한 자신의 몸을 바쳤던 것을 냉한성은 알고나 있을까?

그의 뱀 같은 혀가 자신의 몸을 휘감고, 그의 육중한 뿌리가 자신의 비지를 꿰뚫을 때의 고통, 억지로 흘리는 쾌락의 신음을 그리고 눈물과 수치심으로 밤을 지새웠던 나날을 그가 알고 있을까?

무엇보다도 내가 진정 사랑하는 것은 그뿐임을 알고 있을까?

냉한성에게 자신의 그런 고통을 아느냐고 묻고 싶었다.

그러나 그녀는 감히 물을 수 없었다. 대의(大義)를 위해 자신을 희생하는 그의 숭고한 정신에 개인의 감정 따위는 그를 더욱 힘들게 할 뿐이라는 것을 알고 있었기 때문이다.

냉한성을 바라보는 아란의 눈은 애처로움과 연민의 정이 가득 담겨 있었다.

냉한성도 그런 아란의 모습을 멍하니 바라보고 있었다. 깊은 상념에 빠져 몇 번이고 불러도 대답 없는 그녀를 계속 주시하고 있었다.

냉한성도 아란의 눈빛에 실린 그 서러움을 모를 리 없었다. 자신을 사랑하면서도 대의를 위해 몸을 욕보인 그녀의 심정을 그가 모른다면 누가 알겠는가?

그러나 그는 전혀 감정의 동요를 표현하지 않았다.

"아란! 그만한 정보를 캐내기 위해 네가 얼마나 대가를 치루었는지 알고 있다. 수고 많았다."

그때야 아란은 상념에서 벗어났다.

"아, 아닙니다. 소녀는 마땅히 해야 할 일을 했을 뿐입니다."

말을 마친 그녀는 웃었다.

가슴속에 흐르는 눈물은 감추고 웃을 수밖에 없었다.

'소주! 무정하신 분, 이미 더럽혀진 몸이지만 소주를 사랑하는 이 마음 알아나 주실런지요.'

아란의 간절한 소망은 입 밖으로 내뱉지 못한 채 고개를 숙여야만 했다. 그렇지 못하면 마음 약한 말이 튀어나와 냉한성에게 조금이라도 부담을 줄 것 같았다.

또르륵~.

그녀의 볼을 타고 한 줄기 눈물이 흘러내렸다.

냉한성이 그녀의 가냘픈 손목을 쥔 것은 그때였다.

"소주……?"

"아란, 아무 말도 말아라. 대신 내가 한 마디 들려주마."

냉한성은 잠시 아란의 가련한 얼굴을 바라보았다.

"여인에게는 사랑이 생(生)의 전부일 수도 있다. 허나 사내로 태어나 세상을 살다 보면 때로는 사랑을 저버려야 하는 경우가 많이 있다. 그것을 남들은 대의라는 말로써 흔히 표현하더구나."

"소주……!"

아란이 마침내 참고 참았던 눈물을 한꺼번에 쏟아내기 시작했다.

"아, 알고 있어요. 소녀는 단지…….

냉한성은 자리를 옮겨 아란을 포근히 감싸주었다.

그의 넓은 어깨에 안긴 아란은 마치 꿈을 꾸는 것마냥 황홀했다.

그런데 그 순간이었다.

슈욱―!

돌연 날카로운 파공성이 일며 한 자루의 비도(飛刀)가 마차의 휘장을 뚫고 탁자에 박혔다.

"웬 놈이냐?"

아란은 언제 황홀함에 젖어 있었나 싶을 정도로 기쾌하게 신형을 움직였다.

"멈춰라. 아란!"

냉한성의 음성이 그녀를 돌려세웠다.

막 마차 밖으로 몸을 날리던 아란은 황급히 되돌아왔다.

냉한성은 탁자에 깊숙이 박힌 비도를 뽑아내며 묵묵히 말했다.

"아란, 비도를 던진 자는 이미 오십 장 밖으로 도주하고 있다. 그를 쫓기에는 이미 늦었다."

"아!"

아란은 그제야 냉한성이 자신을 돌려세운 이유를 깨달았

다. 그녀는 추측을 불허하는 냉한성의 무공과 침착성에 다시
한 번 감탄할 수밖에 없었다.

냉한성은 이미 비도 끝에 매달려 있는 쪽지를 펴 들고 있었
다.

— 신주 대공자 귀하(貴下).

그대가 황천루와 만해루를 운영하고 있는 강호 제일의 해
결사임을 알고 있소. 이 쪽지를 받는 즉시 낙양성 동쪽에 있
는 연화장(蓮花莊)으로 와 주시오. 목숨이 아깝다면 오지 않
아도 무방하오.

제천맹(帝天盟) 맹주(盟主). —

쪽지를 펴 든 냉한성의 손이 한순간 가느다랗게 경련했다.

'제천맹주…… 이럴 수가, 그가 나의 정체를 알고 있다니?'

냉한성은 미궁 속으로 빠져 버렸다. 그는 곧 자신의 생각을
정리했다.

'이로써 나의 정체를 감시하고 있는 인물들은 천외마부에
이어 또 하나 는 셈이다. 제천맹주가 나의 정체를 어떻게 알
았는지 모르겠지만 어차피 더욱 잘된 일이다. 어쩌면 내가 계
획하는 일이 앞당겨질지도 모르겠구나.'

냉한성은 제천맹주를 만나기로 결심했다.

"아란! 나는 잠시 다녀올 곳이 있으니 너는 만해루로 가서
내가 돌아올 때까지 기다려라."

아란은 몹시 궁금했으나 곧 공손히 고개를 숙였다.

"분부를 받들겠습니다."

팟!

그녀가 머리를 숙임과 동시에 냉한성은 이미 한 줄기 연기
처럼 마차를 빠져나가고 있었다. 그는 곧 동쪽을 향해 빗살같
이 신형을 날렸다.

두두두두!

팔두마차는 여전히 관도 위를 달리며 황진을 일으키기에
바빴다.

"후후……, 대공자! 과연 네가 바로 해결사 그 장본인이었
구나."

관도상에서 삼십여 장쯤 떨어진 고목나무 위에 우뚝 서 있
는 괴인이 말했다. 전신에 피칠을 한 듯 붉은 적포(赤袍)를 걸
친 괴인이었다.

그는 섬뜩한 괴소를 흘린 후 홀연히 어디론가 신형을 날려
사라졌다.

그가 사라진 지 얼마 되지 않아 그가 섰던 자리에 또 하나
의 인영이 비조처럼 내려앉았다.

"후후……. 소주의 예측은 단 한 번도 빗나간 적이 없지. 가소로운 놈들……!"

싸늘히 조소를 내뱉은 괴인영은 이내 적포 괴인이 사라진 방향으로 기쾌하게 신형을 날렸다.

제10장

제천맹주 초현(初現)

01

한 칸의 밀실로 중후한 풍채의 중년인이 들어섰다.

밀실에는 엷은 휘장이 길게 내려져 있고 휘장 사이로 태사의에 앉은 희미한 인영이 보였다.

중년인은 휘장 앞에 단정히 시립했다.

"속하, 혈붕통령(血鵬統令) 보고 드립니다. 제천맹의 당주 탁천양을 죽인 수법은 팔십 년 전 사라졌던 천면환마(天面幻魔)의 수법과 동일하다는 보고가 들어왔습니다."

휘장 안에서 대꾸가 없자 중년인 즉 혈붕통령은 약간 긴장된 표정을 떠올렸다.

잠시 후, 휘장 안에서 인성이라고는 조금도 담겨 있지 않은 무심한 음성이 흘러나왔다.

"그 밖에는?"

혈붕통령은 흠칫했다. 그는 휘장 안의 인물에 대해 몹시 두려움을 갖고 있는 듯 더욱 깊숙이 고개를 숙였다.

"두 번째 인물은 사유빈이란 자입니다. 그는 황천루 소속의 해결사로서 그가 펼치는 경공 역시 팔십 년 전에 사라졌던 무영자(無影子)의 무영낙뢰비(無影落雷飛)라는 사실이 밝혀졌습니다."

휘장 안에서 말이 나오지 않자 질식할 듯한 침묵이 흘렀다.

혈붕통령의 이마에 엷은 식은땀이 내비쳤다.

휘장 안의 인물이 입을 연 것은 일 각이라는 시간이 지난 후였다.

"그들은 모두 과거 사도대종사였던 혈해마존의 수하들이 아니냐? 그 두 놈 이외에 열 명이 더 있었지."

혈붕통령은 이마에 흐르는 식은땀을 훔치며 말했다.

"이제 신주 대공자와 강호 제일의 해결사로 자처하고 있는 놈이 혈해마존의 제자라는 사실은 명확히 드러났습니다. 그리고 놈의 수하들 역시 과거 십이사군(十二邪軍)이라 불리던 그 늙은이들이 키워 낸 제자일 것으로 추측됩니다."

휘장 안에서 돌연 소름 끼치는 웃음소리가 흘러나왔다.

"흐흐~ 혈해마존! 네가 과거에 사도무림의 신이라는 사도대종사였지만 본좌에게는 어린아이에 불과함을 아느냐? 하하하……!"

그는 한동안 계속 웃기만 하다가 다시 말을 이었다.

"당천! 너는 그 대공자라는 어린놈의 동태를 계속 주시해라. 만약 놈의 목적이 본부(本府)의 일과 관련되어 있다면 그 즉시 모조리 쓸어버릴 수 있도록!"

혈붕통령은 이내 깊숙이 머리를 조아렸다.

"명심하겠습니다."

"흐흐흐, 이제 천외마부 내부 일만 완결되면 천하는 우리의 것이 된다."

또 하나의 음모가 진행되는 밀실이었다.

얼마나 시간이 흘렀을까?

스스슷~

혈붕통령도 휘장 안의 인물도 사라진 텅 빈 실내에 돌연 한 덩이 희뿌연 운무가 연기처럼 분출되었다.

뒤이어 그 운무 속에서 나직한 웃음소리가 흘러나왔다.

"후후~, 역시 소주의 예측은 귀신같이 맞았구나. 이미 천외마부가 우리의 모든 것을 파악하고 있을 거라는 예측이……. 허나 너희들은 이미 역으로 감시당하고 있음을 꿈에도 모르리라. 후후후, 천하를 혓바닥으로 지배하려 드는 가소로운 놈들!"

운무는 그 말을 끝으로 이내 다시 사라졌다.

02

한 채의 장원(莊院).

그러나 말이 장원이지 그 규모는 황궁(皇宮)에 버금가는 것
이었다. 화려함도 극에 달하여 한 걸음마다 화원에 둘러싸인
고루거각이 있고, 인공호수와 가산(假山)이 그림처럼 펼쳐져
있었다.

특히 인공호수에는 제각기 독특한 형상의 반월교(反月橋)
가 가로질러져 있어 그 그윽한 풍취란 이루 형용할 길이 없었
다.

장원의 중앙에는 화루(花樓) 같기도 하고 대전 같기도 한
전각이 화사하게 세워져 있었다.

〈자운청〉

현판에는 자운청이란 글씨가 용사비등의 필체로 쓰여 높다
랗게 걸려 있었다.

장원의 화려함은 자운청에서 극치에 달했다.

사방을 장식한 각종의 고색창연한 골동품과 도예품, 바닥

에는 값비싼 붉은색의 융단이 푹신하게 깔려 있고, 천정에 고
정된 백사궁등에서는 우유빛 광채가 뿌려지고 있었다.

우유빛으로 감싸인 실내에는 화사한 교의에 몸을 의지한
백의여인(白衣女人)이 있다.

백의 여인은 면사를 얼굴에 내려뜨려 자세한 용모는 볼 수
없었다.

그러나 망사 사이로 흐르는 눈빛은 투명하고도 맑아 도저
히 내심을 추측하기가 어려웠다.

궁형으로 틀어 올린 머리에는 세각(細刻)의 봉황잠(鳳凰簪)
을 꽂았다. 그녀의 전신에서는 고아하고도 범인이 넘보지 못
할 기품이 은은히 풍겨 나왔다.

교의 좌우로는 네 명의 준수한 미청년들이 경건히 시립해
있었다. 그들의 두 눈은 한결같이 맑은 정광(精光)을 내뿜었
다.

백의 여인의 바로 곁에는 선풍도골의 갈의 노인이 역시 경
건한 자세로 시립해 있었다. 실내에는 왠지 무거운 공기가 깔
려 있어 가뜩이나 엄숙한 표정의 갈의 노인을 더욱 엄숙하게
보이게 했다.

일 각 정도 그렇게 침묵을 지키고 있을 때 돌연 백의 여인
의 면사가 가볍게 흔들렸다.

"드디어 왔군요."

　나직이 흘러나온 옥음(玉音), 그 옥음은 어찌나 맑은지 듣는 이의 마음까지 상쾌하게 씻어 주는 것 같았다.

　갈의 노인의 눈가에 경탄의 빛이 어렸다.

　'아, 노부는 그가 삼십 장 밖에 이른 지금에야 기척을 느꼈건만 맹주는 그가 오십 장 내에 이르기도 전에 기척을 느끼다니……. 오행우사라는 이름이 부끄럽구나.'

　갈의 노인은 당금 무림 최고의 배분을 지닌 무당의 대기인(大奇人) 오행우사였다.

　갈의 노인이 내심 탄식하던 순간이었다.

　휘익!

　실내에 한 줄기 미풍이 스쳤다 싶은 순간 백의 여인 앞에 조용히 한 인영이 내려섰다.

　바로 냉한성이었다.

　백의 여인은 그의 등장에 놀라지 않고 담담히 말했다.

　"당신이 대공자이신가요?"

　"그렇소."

　"물론 강호 제일의 해결사이기도 하겠죠?"

　"그렇소."

　빠른 질문과 답이 오가고 잠시 침묵이 흘렀다.

　일순 냉한성의 입가에 기묘한 미소가 번졌다.

　"이젠 본인이 물어 볼 차례인 것 같소. 당신이 제천맹의 맹주요?"

"그래요. 왜 뜻밖인가요?"

냉한성은 순순히 고개를 끄덕였다.

"그렇소. 무척 뜻밖이오. 정도무림의 주인이라 할 수 있는 제천맹의 맹주 자리를 일개 여인이 차지하고 있을 줄은 상상조차 하지 못했소. 여인이라……."

그 순간 오행우사의 입에서 노성이 터졌다.

"입에서 나오는 말이라고 다 말은 아니오."

여인이라고 우습게 보지 말라는 일종의 경고였다.

백의 여인의 좌우에 시립해 있던 네 명의 청년들도 싸늘한 신광을 폭사시켰다. 그들도 냉한성의 오만불손한 태도와 언사에 살기에 가까운 분노를 나타낸 것이다.

한바탕 폭풍이 불 찰나 백의 여인 즉 제천맹주가 조용히 손을 들었다.

"여러분 고정하세요. 어쨌든 그는 손님의 신분이니 우리가 자중해야 도리가 아니겠어요?"

냉한성이 돌연 대소를 터뜨렸다.

"하하하! 한쪽에서는 겁을 주고 또 한쪽에서는 얼러주니 도둑질도 손발이 맞아야 한다는 말이 실감 나는 순간이오. 하하하……."

지독히 모욕적인 말이었다.

　네 청년은 물론, 수양 깊은 오행우사의 안면에도 역력한 분노의 빛이 일렁거렸다.

　그 순간 제천맹주가 청아한 교소를 터뜨렸다.

　"호호호! 과연 당신의 심기는 듣던 것보다 훨씬 고명하군요. 그들을 격동시켜 무엇을 하자는 속셈이신가요? 어리석은 사람, 당신이 무례하게 굴지 않아도 이미 호랑이의 수염을 건드렸다는 사실을 모르나요?"

　냉한성은 시종일관 여유로운 미소를 잃지 않았다.

　"당신은 제천맹의 당주 유운검객 탁천양의 죽음을 두고 그런 말을 하는 것이오?"

　"그래요."

　"후후후!"

　냉한성은 싸늘한 조소를 흘렸다.

　"본인이 가장 경멸하는 위인들이 어떤 인물인지 아시오? 바로 탁천양과 같은 양의 탈을 쓴 승냥이들이오."

　맹주는 싸늘히 쏘아붙였다.

　"당신은 마치 확실한 증거라도 갖고 있는 것처럼 큰소리를 치는군요?"

　냉한성은 비아냥거리는 듯한 말투로 말했다.

　"본인이 알기로는 맹주 역시 탁천양이 저지른 일을 이미 알고 있는 것으로 알고 있는데, 어떻소? 내 말이 틀렸소?"

이 말은 거의 직감적으로 떠본 말이었다. 그는 곧 자신의 직감이 적중했다는 것을 알았다.

맹주가 반박 대신 들릴 듯 말 듯한 나직한 한숨을 내쉰 것이다.

'후우~. 이자의 진정한 정체가 무엇이길래 그런 사실까지…….'

잠시 후 맹주는 차분하게 말했다.

"아무튼 본맹에서는 이번 일을 그대로 묵과하진 않을 거예요. 부맹주가 조만간 당신에게 직접 따지러 갈 것이에요."

"후후후! 얼마든지……."

냉한성은 가소롭다는 표정이었다.

"당신들은 뭔가 큰 착각을 하고 있는 것이 아니오? 이를테면 당신들이 마치 칼자루를 쥐고 있는 양……."

그의 말에 오행우사의 두 눈에 뇌전을 방불케 하는 가공할 신광이 뻗어 나왔다.

극도로 건방진 놈! 십오 세에 무당에 입문하여 일백 년을 한결같이 강호무림에 몸을 바쳤건만 무림말학이라고 자처하며 머리를 조아려야 하는 젊은 놈이 자신을 무시한다. 분한 마음은 이루 말할 길이 없었다. 더구나 정도무림의 태양이라 불리는 건곤사선 중의 일선인 자신을…….

오행우사의 내심은 그렇게 말했다.

냉한성이 그 광채를 못 볼 리 없었다.

‘흠, 과연 대단한 고수군. 오행우사가 맹주의 호법을 맡고 있음은 실로 뜻밖의 일이다.’

냉한성의 내심은 어떻든 간에 그의 표정은 언제나 담담했다.

“본인이 이곳에 온 이유는 한 가지 사실을 당신들에게 분명히 주지시켜 주기 위함이오.”

“뭘 주지시킨다는 거죠?”

맹주는 따지듯 물었다.

“그것은 본인을 화나게 하면 제천맹을 강호상에서 제명(制名)시킬 수도 있다는 사실이오.”

냉한성의 말은 나직했으나 그 말은 자운청 내에 있는 사람들의 귀속에서 뇌성벽력과도 같이 울렸다.

그 순간 바람도 없는데 맹주의 면사가 파르르 떨렸다.

천하제일광이 석년에 자신의 비급을 훔쳐 갔어도 사십 년 동안이나 참았던 무궁한 인내의 소유자인 오행우사. 그런 그가 벼락을 맞은 듯 전신을 부르르 떨었다.

“무량수불, 무량수불…….”

그는 치밀어 오르는 분노를 참기 어려웠다. 그도 그럴 것이 호랑이 굴에 들어온 여우 새끼의 큰소리는 정말 엄청난 것이었다. 만약 맹주가 명을 내리기 전엔 손을 쓰지 말라는 엄명

만 없었더라면 그의 쌍장은 불을 뿜었을 것이 뻔했다.

"그따위 망언을 취소하지 못하겠느냐! 본맹이 지금껏 자네의 행동을 좌시하고만 있었던 이유는 그동안 자네가 다행히도 악인들만을 제거해 왔다는 이유 하나뿐임을 어찌 모른단 말인가?"

그의 노한 목소리는 수천 개의 금종이 일제히 울리는 것 같았다.

분노를 억제한 듯한 맹주의 옥음이 들린 것은 그때였다.

"헌데 마침내 당신은 본맹의 인물을 죽였어요. 최소한 당신은 탁천양의 비위 사실을 본맹에 통보하여 우리가 직접 처벌하도록 해야 옳았어요."

냉한성은 여전히 태연자약하기 그지없었다.

그는 비릿한 조소를 머금고는 말했다.

"당신들이 알고 있으면서도 무림에 알려질까 두려워 쉬쉬하던 일을 본인이 했을 뿐이오. 그 알량한 제천맹의 위신 때문에 당신들은 주저하지 않았소?"

그의 날카로운 반박에 실내에는 돌연 무거운 침묵이 짙게 깔렸다.

냉한성의 반박은 그들의 정곡을 통렬하게 찌른 것이었다.

명예와 위신!

그것만이 대부분의 정파인들에게는 목숨과도 같은 것이었

음을 두 말 할 필요가 없다.

냉한성은 좌중을 차갑게 쓸어보며 한마디 덧붙였다.

"당신들은 소문 없이 그 일을 대신한 본인에게 오히려 감사해야 마땅할 것이오!"

역시 아무도 입을 열지 못했다. 그의 말에는 반박의 여지가 없었기 때문이었다.

그들은 모두 입을 굳게 다문 채 냉한성을 쏘아보고 있었다.

돌연 냉한성이 화제를 바꾸어 물었다.

"맹주! 맹주가 본인을 만나고자 한 이유는 정작 따로 있을 줄 아는데……. 이제 본론을 꺼내야 할 때가 되지 않았소?"

맹주는 잠시 대답이 없었다.

'저자의 깊은 심기와 세 치 혀는 사람을 죽일 수도 있겠군.'

내심 그렇게 생각하며 말했다.

"과연 당신은 생각보다 더욱 뛰어난 심기를 가지셨군요. 본녀는 진심으로 감탄했어요."

"후후후! 미녀의 칭찬은 과히 나쁜 것은 아니군."

맹주는 오행우사를 보며 말했다.

"장로(長老)께서는 제천사검수(帝天四劍手)와 함께 잠시 자리를 피해 주세요."

오행우사는 흠칫 놀랐다.

"맹주……!"

맹주는 손을 들어 그의 다음 말을 제지시켰다.

"피해 있으셔도 저는 안전할 것입니다."

단호한 어조였다.

오행우사는 망설이는 눈치였으나 어쩔 수 없다는 듯 곧 제천사검수와 함께 밖으로 나갔다.

그들이 완전히 사라지자 맹주는 교의에서 몸을 일으켰다.

"이곳은 밀담을 나누기엔 적당한 장소가 아니군요. 저를 따라오세요."

그녀는 앞장서서 휘장 사이로 걸어 들어갔다.

늘씬한 그녀의 뒷모습을 본 냉한성의 입가에 언뜻 희미한 미소가 맺혔다. 이어 천천히 그녀의 뒤를 따라 걸음을 옮겼다.

맹주와 냉한성이 휘장 안으로 들어오자 또 하나의 화려한 실내가 나타났다.

밝고 호화롭게 치장했으나 은은한 고풍의 가구들이 장식되어 탈속한 기운이 엿보이는 곳이었다.

벽에는 당대 문인들의 뛰어난 작품이 걸려 있고 어디선가 심연을 맑게 해주는 그윽한 향연이 피어올라 실내를 휘감고 있었다.

냉한성과 맹주는 중앙에 탁자를 마주하고 대좌해 있었다.

어색한 침묵이 흐르자 맹주가 먼저 말문을 열었다.

“본녀가 당신을 보고자 한 이유는 한 가지 부탁이 있어서예요.”

그녀의 음성은 좀 전보다 훨씬 부드럽게 변해 있었다.

그 목소리야말로 사람의 혼백까지 취하게 하는 신비한 매력을 지니고 있었다.

“지고지상한 제천맹주께서 저 같은 소인배에게 무슨 부탁을?”

넌지시 묻는 그의 말투는 비아냥거리는 것이었다.

“왜요? 당신은 무엇이든 해결해 준다는 강호 제일의 해결사가 아니신가요?”

“그렇소. 본인은 해결사요. 허나, 나에겐 한 가지 규칙이 있소. 그 규칙을 지키는 사람만이 나에게 의뢰할 수 있는 자격이 생기오.”

“그게 무엇이죠?”

“진면목을 보이지 않는 사람의 부탁은 듣지 않는다는 것이오.”

“본녀보고 면사를 벗으라는 말인가요?”

“당신은 눈치만 빠른 것이 아니라 머리도 좋군?”

그 말에 맹주는 조금 차가운 음성으로 말했다.

“그럴듯한 규칙이군요. 좋아요. 어차피 당신은…….”

홀연 그녀는 무슨 말을 하려다가는 입을 다물었다.

이어, 천천히 섬섬옥수를 들어 면사를 잡았다.

그녀의 손은 투명하고도 맑은데 은은히 벽옥빛으로 빛나고 있었다.

스르르~.

면사는 곧 밑으로 떨어졌다.

그녀의 옥용을 대한 순간 냉한성은 마음이 절로 진탕됨을 느끼며 막 터지려는 탄성을 힘주어 삼켰다.

'으음! 숨이 막히도록 아름답구나!'

냉한성의 마음은 그녀의 옥용을 달리 표현할 수가 없었다.

숨이 막히도록 아름답다. 그것은 결코 과장된 표현이 아니었다.

면사 속에서 드러난 제천맹주의 옥용은 완벽한 십전십미(十全十美)였다.

백옥으로 깎은 듯 투명한 피부, 초승달 같은 아미는 섬세해서 마치 붓으로 그린 것 같았다. 그 아래 자리 잡은 한 쌍의 봉목은 신비하고 아름다워 보는 사람의 혼백을 끌 정도였다.

더 높지도 낮지도 않아 그녀의 아름다움의 정점을 이루고 있는 코는 조각처럼 섬세하며, 붉은 윤기가 자르르 흐르는 입술은 만 가지 꽃이 일제히 만발한 듯 보는 사람을 황홀경에 빠지게 했다.

더구나 그녀의 입가에 보일 듯 말 듯 떠오른 미소는 한 번 그녀를 본 사람이라면 결코 눈을 돌릴 수 없게 하는 참으로 뇌쇄적인 미소였다.

그녀의 눈빛, 미소, 모든 것이 누구도 거부할 수 없는 아름다움이요, 매력이었다.

천하제일미녀!

그녀에게 들어맞는 용어는 바로 이것밖에 없을 것이다.

냉한성은 잠시 넋을 잃고 그녀를 바라보았다.

'면사로 얼굴을 가릴 만한 충분한 이유가 있구나. 남자라면 누구나 저 여인의 모습을 한 번이라도 본다면 그녀의 생각으로 밤을 지새울 것이다. 만약 저 여인이 나쁜 마음을 먹고 자신의 미모를 무기로 쓴다면? 그녀의 미모에 현혹된 무수한 고수들이 그녀의 명 한마디에 천하를 피로 휩쓴다면 진정 무서운 일이 아닐 수 없다. 저 여인은 미모 하나로 군림천하의 꿈을 이룰 유일한 여자이리라.'

냉한성은 두세 번 머리를 좌우로 흔들었다.

"좋소. 이제 맹주의 부탁을 들어봅시다."

맹주는 냉한성을 주시하며 또렷하게 말했다.

"중원, 중원을 구해 주세요!"

순간 냉한성의 두 눈이 크게 흔들렸다.

'중원을 구해 달라니?'

전혀 예상하지 못했던 말이 맹주의 입에서 튀어나온 것이다.

맹주는 침착하게 말을 이었다.

"당신도 이미 천외마부의 존재에 대해서 알고 계실 텐데요?"

'역시 이 여인도 천외마부를……?'

냉한성은 심중의 의혹을 억누르며 고개를 끄덕였다.

"물론 알고 있소."

"이미 중원의 반(半) 이상이 그들의 수중에 떨어진 것도 알고 있나요?"

냉한성은 이미 알고 있는 사실이었으나 내색하지 않을 따름이었다. 천외마부의 존재를 알고 있는 사람은 극히 소수에 불과하다. 그 소수 중 냉한성 만큼이나 천외마부와 인연이 깊은 사람은 없을 것이다. 만약 그곳의 음모를 막기 위해 냉한성이 키워졌다는 사실을 맹주가 알고 있다면 그런 질문은 못했을 것이다.

맹주는 아름다운 눈을 또르르 굴렸다.

"천외마부의 마두들이 강호에서 활동을 개시한 것은 이미 삼십 년 전부터예요."

냉한성은 불쑥 물었다.

"어떻게 그들이 밀지를 벗어날 수 있었는지 알고 계시오?"

맹주는 곤혹스러운 표정으로 고개를 저었다.

"그것에 관해선 저 역시 아는 바가 없어요. 그러나 한 가지 분명한 것은 천외마부가 이미 마두들 손에 장악되었다는 것이에요. 그리고 그들은 중원을 지배하기 위해 모종의 음모를 꾸미고 있고, 그 음모는 현재 완전한 궤도에 올라서 있어요."

말을 마친 맹주는 침울한 얼굴로 허공을 응시했다.

냉한성 역시 말없이 팔짱을 낀 채 침묵으로 지켰다.

실내는 잠시 무거운 정적에 휩싸였다.

냉한성은 맹주와의 그동안의 대화를 토대로 나름대로 생각을 정리했다.

맹주는 예상 외로 천외마부에 대해 상세히 알고 있다. 어쩌면 자신이 알고 있는 것보다 더 많이 알고 있을지도 모른다. 그렇다면 맹주는 어떤 방법으로 천외마부에 대한 정보를 알아냈을까?

냉한성은 내심 고개를 저었다. 그녀에게 말을 듣기 전에는 도저히 알아낼 수 없었다.

냉한성은 맹주를 정면으로 바라보았다.

때맞춰 맹주의 시선도 그를 향했다.

냉한성이 나직이 말했다.

"맹주에게 한 가지만 충고하리다."

그의 난데없는 말에 맹주는 당혹감을 드러냈다.

"충고라니요?"

"강호를 걱정하기 앞서 당신들 앞에 당면한 문제부터 걱정하라는 것이오.”

“무슨 뜻으로 하시는 말씀인가요?”

냉한성은 말 대신 품속에서 한 장의 양피지를 꺼내 들었다. 그리고는 맹주 앞으로 내밀며 짤막하게 말했다.

“보시오. 누군가가 제천맹을 없애 달라고 본인에게 부탁한 살인 명단이오.”

“으음……!”

짤막한 경악성이 그녀의 입 사이로 흘러나왔다.

그것이 다였다. 그녀는 제천맹의 맹주답게 금방 침착함을 찾고는 냉한성에게 되물었다.

“그 명단을 보기 전에 한 가지만 묻겠어요. 의뢰 받은 일을 제게 밝히는 이유가 뭐죠?”

냉한성 또한 엉뚱하게 되물었다.

“제천맹은 그간 무림 평화에 앞장서 왔소. 헌데 내가 해결사로 행세하면서 어떻게 보면 제천맹 위에 군림해 왔다고 볼 수 있는데 지금껏 제천맹은 방관만 하고 있었소. 그 이유는 무엇이오?”

순간 맹주의 눈가에 불쾌감이 서렸다.

만해루와 황천루가 생기고부터 제천맹은 이름만 있을 뿐이지 명실공히 모든 권위와 실권은 만해루와 황천루로 돌아갔다. 그것은 제천맹의 힘으로도 어쩔 수 없는 일이었다. 제천맹이 해결하지 못하는 일을 그들은 해냈다. 깔끔히 흔적 없이 그것도 악인들만 처리하는 귀신같은 그들의 솜씨에 강호인들은 반해 버렸다. 명예를 가장 소중히 여기는 강호에서 그들 때문에 가장 손해를 본 곳이 있다면 단연코 제천맹일 것이다.

맹주는 대답 없이 냉한성을 조용히 응시하다가 양피지를 받아 들었다.

양피지에 적힌 삼십육 명의 살인 명단을 읽어 내려가는 동안 맹주의 표정은 거의 변화가 없었다.

냉한성의 눈가에 엷은 의혹이 스쳤다 사라졌다.

'그녀도 짐작은 하고 있군!'

맹주는 양피지를 내려놓으며 싸늘한 냉소를 날렸다.

"흥! 정작 죽어야 할 첩자 놈들은 한결같이 빠졌군."

"그렇다면 역시……."

"그래요. 이 명단은 제천맹 내에 잠입해 있는 천외마부의 첩자들을 제외한 모두의 명단이에요."

"음……."

냉한성은 무겁게 고개를 끄덕였다.

막연히 추측해 오던 생각을 완전한 확신으로 굳혔다.

추측대로 명단을 갖고 온 놈은 천외마부의 일원이다. 놈들은 제천맹의 핵심인물 삼십육 명을 제거하여 제천맹을 빈 껍데기로 만들려는 차도살인지계를 획책했음이 틀림없다.

'가소로운 놈들!'

냉한성은 내심 그들을 비웃고는 맹주에게 물었다.

"맹주는 제천맹 내에 잠입해 있는 천외마부의 첩자들을 모두 파악하고 있소?"

"알고 있어요."

냉한성은 기이한 미소를 머금었다.

"그렇다면 본인에게 좋은 생각이 있소."

"예?"

맹주는 돌연한 그의 말에 이채를 띠었다.

냉한성은 또렷한 어조로 말을 이었다.

"삼 일 후 본인은 수하들을 이끌고 제천맹을 공격할 것이오. 맹주는 첩자들을 우선 선두에 내세워 우리를 공격하게 하시오."

맹주의 입가에 가느다란 미소가 스쳤다.

"그렇다면……."

냉한성은 자르듯 말했다.

"그렇소. 맹주는 뒤에서 본인은 앞에서 일시에 양면 공세를 취해 그들을 섬멸시키는 것이오."

맹주는 내심 경탄성을 흘렸다.

'아! 저분의 심기는 너무도 놀랍구나. 만약 저분을 우리가 적으로 삼았다면?'

　그녀는 생각을 접고는 야릇한 시선으로 냉한성을 응시했다.

　"그런 다음에는 어떻게 하실 계획이신가요?"

　"그 후 놈들이 죽여달라고 의뢰한 삼십육 명의 인물 중 칠 할 정도를 실종시키는 것이오."

　그는 잠시 갈증을 느껴 침을 삼켰다.

　"그들을 죽은 것으로 가장시켜 은밀한 곳으로 빼돌려 더욱 강한 고수로 만들 것이오. 그 후, 천외마부와 정면 대결이 벌어질 때 그들은 반드시 큰 몫을 감당해 낼 수 있으리라 확신하오."

　냉한성의 말이 이어지는 동안 맹주의 표정은 수 차례나 변했다.

　그의 계획에 감탄과 경악을 그리고 믿음직스러운 그의 모습에 야릇한 표정까지……

　맹주는 그런 모습으로 냉한성을 바라보다가 문득 품속에서 한 장의 양피지를 꺼내 들었다.

　"이제 제가 당신을 만나고자 한 진정한 이유를 말씀드리겠어요."

　그녀는 양피지를 냉한성에게 내밀었다.

　냉한성은 묵묵히 양피지를 받아 들고는 읽어 내리기 시작했다. 그의 입가에 점차 짙은 미소가 어렸다.

이때 맹주가 입을 열었다.

"그곳에 적힌 명단은 구대문파에 잠입해 있는 천외마부의 첩자들 명단이에요."

냉한성은 잠잠히 고개를 끄덕였다.

"흠, 그곳에도 역시 놈들의 손길이 뻗쳐 있었군."

말은 그렇게 담담히 했으나 그의 내심은 경악을 금치 못했다.

구대문파에 잠입해 있는 첩자 때문이 아니었다. 그 첩자들의 명단을 이렇게 소상히 밝혀 낸 맹주의 능력에 놀란 것이다.

냉한성은 긴 침묵을 깨고 말했다.

"이들 역시 제천맹의 첩자들을 제거하는 방법과 똑같은 수법으로 처리하겠소."

맹주는 조용히 고개를 끄덕였다.

그보다 더 이상 좋은 방법은 없는 것이다.

"첩자들을 제거하는 시기는 제천맹과 구대문파에서 모두 동시에 이루어져야 할 거예요."

"물론이요."

맹주는 냉한성의 늠름한 모습에 안심하고는 아름다운 미소를 떠올렸다.

"왠지 당신을 대하니 중원은 다시 살아난 것만 같군요."

냉한성은 말없이 그녀를 바라볼 뿐이다.

서로의 눈빛이 허공에 엉키자 몇 점의 불꽃이 튕기는 듯했다.

그것도 한순간, 냉한성은 천천히 자리에서 일어났다.

"이제 가 봐야 할 시간이오."

그는 잠시 머뭇거리더니 다시 말을 이었다.

"오늘은 아무것도 묻지 않고 이대로 돌아가겠소. 허나 두 번째 만날 때는 당신에 대한 모든 것을 알아내겠소."

"모든 것이라니?"

"하하하!"

냉한성은 대답 대신 웃음을 터뜨렸다.

팟!

멀뚱히 자신을 쳐다보는 그녀의 눈길을 뒤로 그의 신형은 연기처럼 실내에서 사라졌다.

"아……!"

그가 사라지자 홀연 적막한 탄식을 터뜨리는 맹주의 심정은 알 길이 없었다.

03

만해루.

가늘게 타오르는 황촉이 실내를 부드럽게 감쌌다.

바닥에는 짙은 남색의 융단이 깔리고 그 위에 자단목으로 만든 원탁이 놓여 있었다.

아득한 정취를 수놓는 밤.

원탁 앞에는 한 명의 미공자가 앉아 있었다.

한일자로 곧게 뻗은 짙은 검미, 그 아래 수려한 눈망울이 빛나고 약간 창백한 느낌을 주는 얼굴 위로 홍기가 흘렀다.

제천맹주와 헤어져 만해루로 돌아온 냉한성이었다.

그가 교의에 깊숙이 몸을 묻은 채 골똘한 상념에 젖어 있을 때였다.

스스스스~.

냉한성의 전면 허공에 한 덩이 흐릿한 운무가 피어올랐다. 동시에 공손하면서도 나직한 음성이 그 속에서 흘러나왔다.

"속하 사령! 다녀왔습니다."

냉한성의 고개가 느릿하게 운무를 향해 돌려졌다.

"갔던 일은?"

"소주의 예측대로 놈들은 우리를 철저히 감시하고 있었습니다. 소주께서 갖고 계시는 신분도 이미 파악하고 있었습니다."

"후후~ 짐작 했던 일이다. 놈들은 내가 일부러 정체를 노출시켰다는 것을 모를 테니까?"

냉한성은 싸늘한 조소를 흘리며 재차 물었다.

"현재 강호에서 활동하고 있는 놈들의 주 세력은?"

"속하가 탐문한 바에 의하면 현 강호의 일은 혈천오마(血天五魔)가 모두 관장하고 있음이 밝혀졌습니다."

"혈천오마?"

"그들은 오십 년 전에 모두 천외마부로 피신했던 전대 마두들로서 사문 내력은 전혀 알려진 바가 없습니다. 그러나 항설에 의하면 그들은 전진일맥(前眞一脈)을 계승한 대막 출신의 거마(巨魔)들로 그들이 동시에 펼치는 합격진은 특히 무서운 위력을 지닌 것으로 평가되고 있습니다."

묵묵히 사령의 보고를 듣고 있던 냉한성의 입꼬리가 엷게 치켜올랐다.

"혈천오마! 놈들은 나를 만나는 날이 곧 제삿날이 될 것이다."

말을 마친 그의 전신에 가공할 살기가 뿜어졌다.

냉한성은 화제를 돌려 물었다.

"황천루에 접수된 의뢰는 원만히 해결되고 있는가?"

"그렇습니다. 지금까지 도합 천(千)여 건의 사건이 해결됐습니다."

"음……, 만해루의 상황은?"

"만해루 역시 총 팔백여 건에 해당 되는 사건을 원만히 해결했습니다. 그런데 방금 들어온 보고에 의하면 중원사천의 한 분인 구천성모(九天聖母)께서 소주님을 만나 보고 싶다는 전갈이 있었습니다."

"구천성모……!"

구천성모의 이름을 되씹은 냉한성의 두 눈이 일순 강렬한 광채를 뿜어냈다.

이것은 그에게 있어 진정 놀라운 보고였다.

구천성모.

강호인의 존경을 한몸에 받고 있는 천하제일의 여협(女俠)이 구천성모이다.

그녀는 중원사천의 유일한 홍일점이며 동시에 강호에서 성역(聖域)시 되는 성녀곡(聖女谷)의 곡주(谷主)이기도 했다.

가늠키 어려운 고절한 무공과 미모, 그리고 만사(萬事)를 인의(仁義)로써 처리하는 고매한 성품으로 인해 그녀는 강호에서 성녀(聖女)로 불리고 있었다.

냉한성은 놀라워하며 사령에게 물었다.

"구천성모께서는 무슨 이유로 나를 만나자고 했다더냐?"

"그 이유에 대해선 말씀이 없으셨습니다. 단지 직접 소주를 뵙고 말씀드리겠다고……."

"음……."

냉한성은 이내 생각 속으로 빠져들었다.

괴이한 일이었다.

지난 몇십 년 동안 단 한 번도 강호에 나오지 않았던 구천성모가 갑자기 자신을 보고자 하는 이유는 무엇인가? 그분도 자신에게 부탁 할 것이 있는 것인가? 아니다. 그분 정도라면 자신의 힘을 빌리지 않고도 쉽게 처리할 수 있다. 그러면 왜?

냉한성의 머릿속은 미궁 속으로 빠져 버렸다.

'그분을 만나면 알 수 있겠지?'

그는 잠시 생각 끝에 입을 열었다.

"그분은 언제 다시 오신다더냐?"

"일주일 후 만해루로 들르시겠다고 했습니다."

"알았다. 중원 전역에서 보고는 계속 들어오느냐?"

중원 전역에서의 보고란 야화궁의 조직망을 통한 강호 정세에 관한 보고를 뜻했다.

사령의 거침없는 대답이 들려 왔다.

"보고는 계속 들어오고 있습니다. 보고에 의하면 사도무림의 칠 할 정도가 이미 천외마부의 수중으로 떨어졌습니다. 이런 추세라면 조만간에 사도무림 전체가 놈들의 수중에 떨어질 것이 확실합니다."

냉한성은 침울한 표정을 지었다.

'음, 무서운 놈들, 수백 개의 방파를 장악하면서도 소리 소문도 없이 처리하다니……. 어리석은 것은 무림인들 뿐이구나.'

냉한성은 내심 나직한 탄식을 터뜨렸다.

그러나 마음과는 달리 그의 입에서는 곧 비장감 서린 명령
이 떨어졌다.

"사령! 너는 즉시 십이사신(十二邪神)을 회당천루로 집합시
키고, 전 조직에 야풍이호(夜風二號)를 발동시켜라!"

운무 속에서 놀람에 찬 경악성이 튀어나왔다.

"야풍이호를……?"

"그렇다. 즉시 시행해라."

냉한성의 말은 단호했다.

– 다음 권에 계속 –